KB273478

어제를 기억하는 자의
발은 무겁다.
무거운 발은
**세상의 중심에 대한 향수를
기억하는 발이다.**

여우 아이

여우 아이

글 | 정인경

초판 1쇄 발행 | 2011년 2월 21일

편집위원 | 박영배
펴낸이 | 신난향
펴낸곳 | 맥스미디어
출판등록 | 2004년 3월 17일(제2-3955호)
주소 | 서울특별시 서초구 양재동 275-1 삼호물산 빌딩 A동 4층
전화 | 02-589-5133 (대표 전화)
팩스 | 02-589-5088
홈페이지 | www.maksmedia.co.kr

기획 | 임소현
편집 | 김원숙 홍혜미
디자인 | 손현주 박주현 최다미 임세희
영업·마케팅 | 김찬우
경영지원팀 | 장주열 박선영
인쇄 | 예림인쇄

ISBN 978-89-91976-26-9 03810
정가 10,000원

*잘못된 책은 바꾸어 드립니다.

여우 아이

정인경

차 례

정인경, 아버지의 딸

저절로 가까워지는 사람들이 있습니다. 말하지 않아도 저절로 알게 되는 사람들이 있습니다. 아마 이 생에서 정인경 선생과 나는 그런 인연일 겁니다. 자폐에 가까울 만큼 내성적인 그녀, 돌아가신 그녀의 아버지 말고는 감히 말하건대 내가 아마 그녀를 가장 잘 이해하고 있는 사람일 겁니다. 우리는 80년대 학교를 같이 다녔습니다. 내가 이대를 다닌 것은 두 정 선생을 만나기 위함이 아니었을까, 하는 생각이 들 때가 많습니다. 한 분은 내 스승 정대현 선생이고, 또 다른 이는 바로 그녀입니다. 나는 그녀 인생의 증인이고, 그녀는 또 내 인생의 증인이기도 합니다.

그녀가 아버지를 위해 글을 쓴다고 했을 때 나는 참 반가웠습니다. 아, 이제 그녀의 봉인이 풀렸구나, 하는 생각이 들었으니까요. 무엇을 하고 살아도 변함없이 자기를 잘 경영했을 그녀가 이제 자

6

기 얘기를 통해, 삶을, 삶의 비밀을 얘기하려 한다고 느꼈습니다.

그녀가 아버지를 위해 글을 쓴다는 것은 자기를 사랑하게 됐다는 겁니다. 아버지의 사랑을 받으며 사랑이 된 여자, 아버지를 증오하며 세상과 멀어진 여자, 아버지와 화해하며 세상과, 그리고 자기 자신과 화해하게 된 여자, 그녀가 정인경입니다. 나는 지금 몽학선생을 자처하며 그녀를 전하려 합니다. 그러려면 봉암사 여행에서 있었던 일을 이야기하는 게 좋을 거 같네요.

그때 나는 문경 봉암사에서 일주일을 보냈습니다. 지금도 눈에 선합니다. 아무도 없는 오솔길을 신발 벗고 맨발로 걷는 느낌이. 느릿느릿 20여 분을 걷다 보면 발부터 가벼워져, 몸 전체가 가뿐하고 시원해집니다. 그렇게 걷고 나면 갑자기 시야가 밝아지고 시원해지는 '옥석대'가 나옵니다. 백 살은 족히 넘었을 소나무들이 숲을 이루는 그곳은 거대한 옥석 위로 맑은 물이 흐르는 아름다운 계곡입니다. 선녀가 목욕을 했겠구나, 상상하게 되는 그곳엔 사람의 손을 타지 않은 작은 물고기들이 평화로이 떼를 지어 놀고 있습니다. 고대의 햇살과 중세의 바람이 부는 곳, 고려시대에 태어나 천 년 넘게 옥석대 바위에서 명상에 들어가 계신 부처님이 시간을 지우며 영원을 보여주는 그곳에서, 그녀와 나는 서로의 터를 잡고 서로 간섭하지 않고 각자 책도 보고, 나직나직 노래도 하고, 눈을 감고 명상도 했습니다. 함께 여행을 가서 따로 노는 것은 우리에게는 익숙한 것입니다.

다음날은 우리 걸음으로 걸어서 한 시간, 작은 암자 '환적대'에 도착했습니다. 우리가 좋아하는 현진스님이 있었으니까요. 그때의 상황을 나는 내 책 『사랑이, 내게로 왔다』 후기에 적었습니다. 그 책에 나오는 후배가 그녀입니다. 정 선생이 어떤 사람인지 보여주는 중요한 증거니까 그대로 인용하겠습니다.

옛날, 까마득한 옛날입니다. 벌써 천 년도 더 되었으니. 천 년 전 함허 득통선사가 도를 이뤘다는 그곳에서 한 스님이 기도를 올리고 있네요. 삼매에 든 듯 고요한 모습이 아름다워서 하염없이 바라보았습니다. 사랑도 명예도 이름도, 그 무엇도 남지 않을 그곳에서 갑자기 살아 있어 행복하다는 생각이 들었어요. 살아 있어 다행이라고!

마치 기도하러 온 것처럼 스님이 나오신 법당으로 들어갔습니다. 인생이 아름다운 건 기도를 할 수 있기 때문인 것처럼 108배를 올렸지요. 명치 끝에 걸려 있었던 뭔가가 빠져나가는 느낌이었습니다.

스님이 기도를 하고 나온 우리를 보시더니 시고 달콤한 오미자를 내주시네요. 얼마나 달고 시원했는지 우리는 그 병을 모두 비웠습니다. "이쁘지?" 뭐가 예쁘다는 건지 잠시 헤맸는데, 알고 보니 오미자를 내주고 남은 빈 병을 이름이네요. 예, 예쁘네요.

"나는 빈 병이 참 좋아. 그래서 이렇게 빈 병을 모아, 시원하잖아."

그러고 보니까 찻잔 옆으로 빈 병 서너 개가 옹기종기 사랑받는 느낌으로 모여 있습니다. 빈 병을 모아 뭐 하세요? "많아지면 버려."

우리는 한참을 웃었습니다. 왜 웃었을까요? 나는 아직도 나를 감동시키고 기분 좋게 웃게 했던 그 말뜻을 알지 못합니다. 내가 왜 그 스님의 말과 태도에 감동되었는지. 함께 갔던 후배는 그 스님의 뜰 안에서 봉선화 꽃잎을 따고 있습니다. 뭐 하려고? "손톱에 물들이려고! 언니는 무슨 색이 좋아?"

나는 봉선화 꽃빛이 그렇게 다양한 줄 처음 알았습니다. 흰빛, 붉은빛, 보랏빛, 분홍빛……. 봉선화 꽃밭이 화사합니다. 응, 나는 흰색! 그런데 흰색도 물이 들어? "그럼, 원래 색을 만드는 건 꽃이 아니라 잎이잖아."

그날 밤 후배는 돌 위에 봉선화 꽃과 잎을 올려놓고 빻았습니다. 귀찮지 않니? "언니, 아까 환적대에서 못 봤어? 꽃들이 하나 같이 사랑받아 잘 크고 있잖아. 그래서 손톱에 물들이고 싶었던 거야."

언니, 아까 환적대에서 못 봤어? 꽃들이 하나 같이 사랑받아 잘 크고 있잖아! 그녀는 그렇게 남들이 보지 않는 것, 혹은 보지 못하는 것을 보는 사람입니다. 물론 그녀는 봉선화 꽃잎을 따고 싶다고 스님께 허락을 구했습니다. 그것이 왜 중요하냐고요? 거기에 그녀가 들어있으니까요. 봉암사는 거대한 바위산인 휘양산의 계곡을 끼고 있습니다. 당연히 천지가 돌입니다. 일주일을 보낸 마지막 날, 나는 조약돌 두 개를 주머니에 넣었습니다.

"언니, 뭐 해?"
"이 돌? 예쁘지?"
"언니, 그거……, 도둑질이잖아……."

뒤통수를 세게 얻어맞은 듯했습니다. 그리고 그 순간, 나는 내가 뼛속 깊이 인간중심적인 사유 체계의 지배를 받고 있었음을 자각했습니다. 그 돌들은 휘양산 산신령의 사랑을 받아 투명하게 빛

나는 것이었으니까요. 나는 산신령의 땅에서 산신령의 보물들을 허락도 없이 반출하려 했던 것이었습니다.

"언니는 언니가 몇 살이라고 생각해?"

그 물음의 말이 내 가슴에 떨어졌습니다. 그 순간 지나온 세월이 아득해지고 지금 이 순간도 영원의 아이들이란 느낌이 들었습니다. 그녀의 그런 질문은 논리적 물음이 아닙니다. 그녀는 우주와 괘를 같이한 생명의 질서를 마음 깊이 느끼고 있는 거였습니다. 그러니까 그 물음의 말은 당황하지 말고, 불안해 하지 말고, 욕심 내지 말고, 기껏 이 세상이 줄 수 있는 작고 작은 권력에 사로 잡혀 삶을 낭비하지 말자는 약속의 말이기도 했습니다.

그녀의 아버지와 내 아버지는 비슷한 시기에 돌아가셨습니다. 그리고 우리는 동시에 삶의 지향성이 바뀌었습니다. 무엇보다도 그녀는 사랑에 대한 감수성을 키워가고 있습니다. 나는 생각합니다. 그것은 그녀의 지혜고 사명이라고. 그녀가 돌아가신 아버지에게 바치는 이 책은 세상을 향한 그녀의 진실과 사랑에 힘이 생겼음을 보여주는 증거입니다. ↵

꿈은 사라지지 않는다, 시간을 넘어설 뿐이다

사랑하는 인경에게,

네가 아주 어렸을 때, 울면서 내 방에 들어와서는
"아빠, 나는 거짓말쟁이인가봐. 그냥 입에서 거짓말이 나와.
나 커서 감옥 가면 어떡해."
하고 내 무릎에 고개를 묻은 적이 있었다.
너의 눈물은 내 마음속 깊숙이 가라앉아 있었던 기억을 떠오르게
했다.

나는 알고 있었다,

꿈은 사라지지 않는다, 시간을 넘어설 뿐이다

햇빛의 세례를 받는 꽃의 이야기를 듣는 아름다운 아이가

사랑하는 사람을 기쁘게 하려고 사실을 지어내고 있다는 것을.

흩어지는 바람을 따라 작은 솜털을 일으키는 부끄러운 소녀가

사랑하는 사람과 행복을 나눌 수 없는 것이 두려워

사실을 훔치고 있다는 것을.

초록빛 벌판의 나무처럼 자라는 착한 여자가

사랑하는 사람과 충실하게 살고 싶어

사실을 하찮게 여겨 버리고 있다는 것을.

그때, 나는 너의 아버지였다.

나는 네가 보고 싶어 하는 바다도 건넜고,

네가 궁금해 하는 사막도 걸었고,

네가 살고 싶어 하는 궁전도 보았다.

그 덕에 너보다는 조금은 지혜로웠다.

그때, 나는 너의 첫 남자였다.

세상 속으로 떠나는 모험을 앞둔 내 어린 연인에게

세상에서 살아 돌아올 수 있는

누구에게도 말하지 못했던 내 비밀을 이야기해야 했다.

"어떤 사람들은(실은 '나' 라고 말하고 싶었다.) 거짓말을

하면서도 그가 결코 바랄 수 없던 진실을 이야기한단다.

반대로 진실 되기 위해서 거짓을 선택하기도 한단다.

그런 사람들은

거짓말쟁이가 아니라, 꿈꾸는 사람들이다."

나는 서랍에서 공책을 꺼내 너에게 주었다.

너의 두 손은 의아해 하면서 공책을 받았다.

하지만 너의 눈빛은 내 비밀을 향해져 흔들리지 않았다.

그 의미를 캘 수 있다는 듯이 너의 입술은 꼭 다물어져 있었다.

그리고는 황금 열쇠를 문 새처럼 공책을 꼭 안고 날아갔다.

내가 너에게 준 공책은 꿈꾸는 자가

꿈꾸는 자에게 주는 유산과도 같은 것이 되었다.

너는 진실과 거짓의 사각 지대에서,

절망과도 같은 희망을 기록했고, 미움을 넘어선 사랑을 적었고,

사실이 격리한 기적을 갈구해 썼다.

너는 네가 누구인지를 조금씩 알아 갔다.

네가 무엇으로 살아야 하는지가 서서히 드러났다.

너는 세상을 향해 세상이 알 수 없는,

세상이 정복할 수 없는 꿈을 꾸기 시작했다.

너는 나처럼 꿈꾸는 자가 되어 가고 있었다.

나는 기뻤다.

세상의 경계에서, 너는 나와 같은 꿈을 꾸는 친구가 되었다.

너는 세상에게 우리의 꿈을 나누기 위해

장렬한 죽음을 같이 할 수 있는 동지가 되었다.

우리는 꿈에서 하나가 되었다.

내가 늙은 세상에서도 너는 우리의 꿈을 젊게 지킬 것이었다.

내가 사라진 세상에서도 너는,

우리의 꿈을 오래 지속시킬 것이었다. ↩

가질 수 없는 꿈이 나를 괴롭혀도 괜찮다

사랑하는 아버지에게,

아버지는 이 세상 안에 살면서는 아무것도 충실하게 살아낼 수 없다는 걸 알았던 거죠? 그리움이 없는 삶은 최선의 삶이 아니니까요. 그리운 삶에 돌아가기 위해 아버지는 세상을 떠난 거예요.

아버지는 꿈꾸는 자였어요.
아버지는 이 세상에 살았을 적에도
세상을 나타내고, 세상을 지키기 위해서
세상에 포섭되지 않고, 세상 밖으로 나간 사람이었죠.
그래서 아마도 아버지는 현실의 비웃음거리였을 거예요.
현실에 있지 않은 것들과 함께

꿈속에서 성실하게 사는 사람이었으니까요.

어쩌면 아버지는 현실의 조롱감이었을 거예요.

사실이 버린 하찮은 것들을

꿈속에서 귀중하게 지키는 사람이었으니까요.

아마 아버지는 현실의 야유거리였을 거예요.

세상이 믿지 않는 것들을

꿈속에서 과감하게 찾아오는 사람이었으니까요.

꿈꾸는 아버지의 영혼은 겸손했기에

현실의 횡포에 항변하지 않았어요.

그래서 현실은, 이 세상은 알 수 없었어요.

세상은 꿈꾸는 자들의 꿈 위에 떠 있는

빙산의 일각과도 같다는 것을,

현실은 꿈꾸는 자들의 꿈의 그림자 같다는 것을.

세상이 스스로 사라지기 전에,

꿈속에서 세상을 건져 올리는 어부들이 꿈꾸는 사람들이지요.

세상의 절망을 사랑하는 치명적인 꿈을,

세상의 슬픔을 아끼는 사무치는 꿈을,

세상의 고통을 나누는 위험한 꿈을,

기꺼이 꿈을 꾸기 위해,

세상 아래로 향한 흔치 않은 사람들이
꿈꾸는 사람들이지요.

저에게 공책을 주었던 아버지와 같은 나이가 되어,
꿈을 꾸는 삶을 드디어 존경하기 시작했어요.
저도 꿈을 꿀 수 있는 사람이 될 수 있을까 하고 용기를 내봐요.
여전히 저는 아버지의 어린 딸인가 봐요.
세상 밖에서 세상을 향해야 한다는 것이 겁나요.
꿈을 꾸기 위해 현실의 기대를 버려야 한다는 것이 두려워요.
지켜주세요, 아버지!

아버지가 주신 하얀 공책에 마음의 비밀을 적어 내려 갔듯이
세상에 굴복하지 않는 꿈을 꿀 수 있도록 도와주세요.
아버지로부터 받은 순수가
세상과 좋은 싸움을 할 수 있도록 도와주세요.
승자도 패자도 없는 곳에서
이 세상을 넘어설 수 있게 도와주세요.

전쟁으로 무너진 폐허의 한구석,
'거짓'을 꾸며내 적었던 젊디젊은 내 아버지,

그 애절한 청춘에게 내 비밀스런 꿈을 드려요.

이 세상을 휴일처럼 꿈꾸듯이 살았던 소년,

내 아버지

그 긴절한 희망에게 내 꿈의 이야기를 들려 드려요.

1 잃어버린 곳에서 온 기억

아이에게 : "너는 누구니?"

"나는 나 자신을 탐구하였다."

– 헤라클레이토스

잃어버린 곳에서 온 물음
: 너는 달의 '빛'이었다

옛날 인도 사람들은 태양이 더 이상 보이지 않는 때가 되면 죽음이 온 것이라고 생각했다. 그리고 눈에서 빛이 사라진 죽은 사람의 영혼은 달로 간다고 여겼다. 한 달 중 밝은 보름 동안은 달에 머무르는 자들의 숨 때문에 달이 점점 자라고, 어두운 보름 동안은 그들이 다시 세상에 돌아오기에 달이 여윈다고 생각했다. 달에 머물었던 영혼은 이 세상에 비가 내릴 때 비와 같이 내려온다고 믿었다.

달이 기울기 시작한 마지막 밤. 너의 영혼은 생명의 벼랑 끝에서 긴 잠을 깨었다. 너는 마지막 달빛 안에서 '너'가 사라진 이 세상을 보았다. 그곳은 생명의 끈이 풀어진 것처럼 달의 '빛'인 너에게는 가장 먼 곳이었다. '가장 먼 곳에 대한 사랑'이 일어났다. 푸른 빛 한 자락이 너의 심장이 되었다. 너의 심장은 고동을 멈추고 침착해져서 생의 심연으로 떨어지기로 했다. 그것은 죽음을 건너는 긴 여정이었다.

지상의 삶에 가까워질수록 너의 빛은 타버려 차가운 물방울이 되어 갔다. 너의 빛이 사라질 때마다 너는 네가 누구인지를 잊었다. 죽음을 넘어 삶으로 돌아올수록 너는 너를 잊어갔다. 달의 '빛'이라는 것을 잊었다.

그래서 너는 비가 되어 가고 있었다. 그때 너는 무서워졌고, 외로워졌다. '잠들지 못하는 이에게 밤은 길고, 피곤한 나그네에게 길은 멀'듯이, 생명을 찾아 나선 너에게 죽음은 가까웠고 삶은 멀었다.

하지만 너의 작은 물방울은 그리운 삶을 향해 조금씩 떨어지고 있었다. 생에 대한 동경은 억누를 수 없을 정도로 차올라 이 지상에 비가 되어 내리고 있었다. 예전의 너와 네 주위의 사람들은 내리는 빗속에서 너와 너에 대한 모든 기억과 추억을 씻어내고 있었다.

큰비가 내리는 밤, 나는 느꼈다, 내가 누군가의 '어머니'가 된다는 것을.

나는 두려웠다. 먼 길을 갔다가 돌아오는 너를 기다리는 밤은 끝날 것 같지 않았다. 나는 네가 누구인지도 모르면서 열망했고, 너를 만나기도 전에 너에 대해 벌써 만족했기 때문이었다. 그것은 지상에서 가장 낯선 사랑이었다. 나는 그 사랑에 저항하지 않고 복종했다.

새로운 달이 시작하기 전, 달 없는 밤, 나는 너의 신화를 내 몸 속에 담았다.

"너는 누구니?"

비가 그치고 네가 나를 찾아 들었을 때, 너는 자신이 누구인지는 몰랐지만, 이미 그 무엇이었다. 너는 결코 나의 일부가 아니었다. 너는 벌써 유일했다. 너는 자신의 생을 선택해서 생 속으로 스스로 찾아 들었다. 너에게 나를 빌려 주었을 뿐이었다. 너는 생명 자체였다.

너는 나에게 잃어버린 것들을 조금씩 기억하게 했다. 너는 시간이 흐르지 않았던 때의 그곳을 조금씩 기억나게 했다. 조각조각 떠오르는 잊혀진 것들을 어설프게 맞추는 것은 나에게는 고통이었다. 하지만 멈추고 싶지 않은 황홀한 고통이었다. 너는 내가 잃어버렸던 그 무엇을 연결하는 고리였다.

너는 나에게 산다는 것의 비밀을 하나하나 알려 주었다. 내가 비밀에 가까이 갈 때마다, 너는 둥글게 차올랐다. 내 행복도 둥글게 차올랐다. 너의 사랑이 보존되고 유지될 것이라는 우리의 믿음은 드디어 너를 이 세상에 나오게 했다.

네 아버지가 너의 심장을 내 심장 위에 겹쳐 놓았을 때, 완전히 잊고 있었던 위대한 질문이 마침내 떠올랐다. 그것은 잃어버린 곳에서 온 근원적인 물음이었다. 그래서 나는 너에게 이 세상에서 가장 처음의 물음을 물었다.

"너는 누구니?"

나는 그 순간 알았다.

너의 어머니로서 할 일은 여기까지인 것을.

태초의 비전과도 같은 물음을 물은 순간, 더 이상 너에게 해줄 것이 없다는 것을 나는 알았다. 그 물음 때문에 잊으려야 잊을 수 없는 것이 너와 나 사이에 선명하게 살아난 것이었다. 그 물음은

잃어버린 곳에서 온 유일한 기억이었다. 살아 있는 자들의 세상과
는 반대 방향에서 온 잘 알려진 전승이었다. 내가 이 물음을 묻는
순간 누구에게나 열려 있지만 아무나 통과할 수 없는 생의 시험이
드디어 너에게서 시작되었다.

위대한 감행

너는 삶도, 죽음도 무너뜨린 곳에서 온 그 물음 속에서 자랐다.
고귀한 질문은 네가 '나를 이룬 자' 가 되게 할 것이었다.

물음 밖에 사는 세상의 사람들은 너를 '세상을 바꾸는 자' 로 여
겼다. 그들은 그들의 세상에서 살아남기 위해 너를 교란시켰고,
너를 회유했다. 너는 세상의 무지와 그릇된 정보, 잘못된 신념의
먹이가 되어 버렸다. 그들은 너에게 길을 가리켜 주었지만, 목적
을 앗아가려 했다.

그렇다고 네가 나쁜 생각과 나쁜 꿈을 가질 이유는 없었다. 자
기 파괴야말로 그들이 너에게 원했던 타락이니까. 타락에서 벗어
나려는 좋은 꿈은 너에게 자유로이 복수를 원한다고 믿게 했다.

너는 세상과의 끝나지 않을 전쟁에 나서기로 작정을 하였다. 순종적인 어린아이들이 전제적이고 권위적인 부모들 때문에 흘린 눈물이 달콤하듯이 너의 전쟁은 감미로웠다.

결코 원하지 않았던 그들의 존재 기반을 박탈하는 것은 네가 처한 운명을 고소하는 권리였다.

네가 의지의 대상을 인식하고, 진지한 의지에 알맞은 몸을 갖게 되었을 때, 운명은 너에게 모든 것을 주었다. 하지만 너의 적은 너의 전쟁을 관망할 정도로 교활했고, 전쟁터에서 사라질 정도로 비겁했다.

때문에 너는 그들과의 싸움에서 선인지 악인지를 의심하는 무엇을 행할 수밖에 없었다.

미래의 보다 큰 선을 위해 현실에서 보다 적은 선을, 미래의 보다 적은 악을 위해 현실에서 보다 큰 악을 행해야 했다.

너의 복수는 그들의 장난감이 되어 버린 듯했다. 촛불을 끄는 덮개 같은 것이 네 꿈 위에 떨어진 것 같았다.

고통 때문에 네 육체를 감싼 옷을 갈기갈기 찢을 때도, 수치 때문에 더러운 거리의 한 모퉁이에 지친 네 몸을 숨길 때도, 좌절 때문에 네 두 손을 결박당하고, 네 몸을 감금당할 때도.

너는 초월이었다. "강자를 위해 죽는 것은 어디에서나 행할 수 있는 진부이다. 하지만 약한 자를 위해 죽는 것은 초월이다."

너는 역설이었다. 그 전쟁에서 네가 해를 입힌 사람이 너였고, 네가 착한 마음으로 도와 준 사람이 바로 너였다. 동지도 너였고, 적도 너였다.

너는 전설이었다. 지상에서 너의 상대는 없었다. 그들은 생존을 위해 전투에서 사라졌지만, 너는 삶을 위해 싸웠고 삶을 위해 죽었다.

그렇게 너는 너의 비극을 피하지 않았고, 너의 비극을 그대로 받아들였고, 너의 비극을 완성했다.

너의 적들은 너의 전쟁에서 도망쳤고, 살아남았다.

하지만 너의 전쟁에서 살아남은 자는 나중 태어난 자의 인사를 받지 못한다. 그들은 가장 사랑스러운 존재, 그 자신에게서 멀리 떨어져 죽을 것이다.

언젠가 한번은 자기 자신에게 꼭 물어야 하는 그 질문 '나는 누구인가?'를 그들은 물을 수가 없다. 그 질문 앞에 서는 순간 그들은 자신이 아무도 아니라는 것을 알게 되기 때문이다.

살아남기를 원했던 자들은 집게손가락을 입술에 가져다 댄다.

너는 이 세상 너머에서 온, 이 세상의 첫 번째 물음을 가장 마지막 순간까지도 잊지 않았다. 너는 한순간도 잊지 않았다.

네가 일으킨 전쟁의 장엄함 속에서, 너의 영웅적인 행위 속에서, 패배자의 수치와 고통 속에서, 심지어 광기 속에서도 너는 그 위대한 물음을 잊지 않았다.

결국 너는 그 질문을 스스로에게 물은 흔하지 않은 사람이 되었다. 자신이 누구인가를 이룬 사람이 되었다. 마침내 모든 것을 다 세운 사람이 되었다.

언제부턴가 사람들은 너에 대해 나에게 묻는다.
"그는 누구입니까?"
나는 대답하지 않는다. 아니 할 수가 없다.
문제가 답인 것을 그들은 모른다. ↺

2

쓴 교훈은 필요 없어, 난 단 것을 원해

"쾌락은 금지되어 있는 것에만 잠복되어 있다."

– 무라카미 류

아이의 타락

: 달콤함의 유혹에 넘어가 삶과 화해하다

보통 태어나서 가장 처음으로 읽은 책은 동화책일 것이다. 내 경우는 『헨젤과 그레텔』이었다. 한글을 겨우 읽게 되었을 무렵, 부모님이 어린이 동화 전집을 사 주셨는데, 그림이 무척 화려했다. 글 보다는 그림이 더 친숙할 때라 동화책을 받자마자 여기저기 그림을 들춰 보았다. 그때 과자와 초콜릿과 사탕으로 지어진 집을 먹고 있는 그림이 눈에 들어왔다. 환상적이었다. 세상에 그런 집이 있다니. 며칠 동안은 그 책을 읽지도 않고 옆구리에 끼고 다니면서 그 그림을 보고 또 보고 했다. 나는 그 아이들처럼 그런 집 앞에서 사탕을 빼 먹는 장면을 상상했다. 어깨너머로 글을 깨우쳐서 나보다 글을 더 잘 읽는 동생이 그림만 본다고 놀려도 상관없었다. 문제의 그 그림을 펼쳐 찔끔 보여주고 탁 닫아버리면 누나가 그 책 안 준다고 매번 볼멘 얼굴을 하다가 결국에는 울었다.

당시 나는 사탕을 너무 좋아해서 사탕을 못 먹고 있었다.

내가 어렸을 때 아버지는 '드로포스'라는 미제 사탕을 사 오셨다. 사탕은 검은색 바탕에 알록달록한 색깔의 사탕들이 그려져 있는 캔 속에 들어 있었다. 아버지가 깡통 위에 붙은 열쇠처럼 생긴 고리를 떼어 조심스럽게 돌려가면서 뚜껑을 딸 때, 나도 모르게 무릎을 조아리고 앉았다. 처음으로 보는 신기한 것에 대한 경외감이었다. 고리가 돌려질 때마다 조금씩 새어 나오는 달콤한 냄새는 침을 꼴깍 넘어가게 했다. 드디어 뚜껑이 열렸을 때 드러난 동그란 자태의 온갖 색의 사탕은 보석보다도 아름다웠고 값졌다.

내 몫의 깡통을 들고 방구석에 가서 뒤로 돌아 앉았다. 황홀한 순간을 방해받고 싶지 않았다. 맨 처음 어떤 사탕을 먹을까 하고 고민했던 기억을 상기하면 아직도 미소가 절로 생긴다. 그것은 첫 데이트에 어떤 옷을 입을까 하는 고민만큼이나 아주 어렵고, 그만큼 즐거운 것이었다. 나는 자줏빛의 사탕을 살짝 집어 들었다. 달콤하면서 조금은 무거운 듯한 꽃향기가 났다. 사탕을 입에 넣었는데 내 머릿속으로 만 개도 넘는 꽃들이 피어오르는 것 같았다. 나는 그 꽃나무 사이에서 나비처럼, 벌처럼 꽃술을 빨고 있는 중이었다.

당시 내가 제일 먼저 고른 사탕은 체리 맛 사탕이었다.

영화 「체리의 향기」에서 자살하려는 남자에게 자기 이야기를 들려주는 한 노인이 젊은 시절 맛 본 것이 체리였다.

청년시절의 노인도 자살하려고 했다. 목을 매어 죽을 작정을 하고, 동트기 전 나무에 올라갔는데 그 나무가 체리나무였다. 그는 무심코 체리를 따 먹었다. 달고 향기로웠다. 그는 계속 체리를 따 먹었다. 이윽고 여명이 밝았고, 그의 세상도 조금씩 밝아지기 시작했다. 산 너머로 장엄한 태양이 떠올랐을 때는 그저 체리를 한 바구니 따서 집으로 돌아왔다.

이야기를 마치고 노인은 사내에게 묻는다. "아침에 일어나 하늘을 보고 싶지 않소? 새벽에 태양이 떠오르는 모습을 보고 싶지 않소? 석양이 붉게 노을 지는 것이 보고 싶지 않소? 보름달 뜨는 달밤의 고요, 그것을 다시 느껴보고 싶지 않소? 사계절을 생각해 보시오. 봄 여름 가을 겨울마다 각기 다른 과일이 나오잖소. 아무리 훌륭한 어머니도 그렇게 갖가지 과일을 준비하진 못하오. 체리의 향기를 포기하고 싶소?"

어린 시절 내가 느꼈던 사탕 맛은 바로 자살하려는 노인을 다시 삶으로 끌어들였던 체리 향이었다. 그것은 유감스런 삶과 화해하게 하는 맛이었다.

단맛은 삶의 결여를 채워 주는 건강한 맛은 아니었다. 삶의 허위를 고발하는 교훈적인 맛도 아니었다. 삶의 방식에 달관한 무미한 맛도 아니었다. 심지어 삶의 모짐을 보여주는 독한 매운 맛도 아니었다. 그것은 단지 매혹이었다. "삶이 그대를 속이더라도 노여워하거나 슬퍼하지 말라."는 '그래도 삶은 살아낼 만하다.'는 삶의 정수의 맛이었다. 범용한 사람은 결코 거부할 수 없는 황홀한 감미로움이었다.

방구석에서 나는 청년 시절의 노인처럼 사탕을 먹고 또 먹었다. 그런데 문제는 단맛이 아니라, 단단한 사탕이었다. 깡통에 사탕이 삼분의 일쯤 남았을 때부터 입술 안쪽이 아프고 속도 약간 메슥거렸다. 그래도 그만 먹을 수는 없었다. 사탕이 대여섯 개 쯤 남았을 때, 사탕을 씹으면서 나는 엉엉 울었다. 입이 너무 아팠다. 입이 찢어지는 것도 모르고 무아지경에서 사탕을 빨고 깨물고 씹었던 것이다.

이 사건은 추후 '나'와 내가 좋아하거나 사랑하는 것과의 관계를 보여주는 상징이었다.

내 인생의 첫 번째 계명
: 인생은 쓰디쓰니 단 것을 금하노라

아버지는 내가 쓰디쓴 인생에서 그저 단맛만 좋아하는 나약한 존재가 될지도 모른다고 걱정했다. 내가 어떠한 시련도 극복할 수 있는 강인한 사람이 되어야 한다고 생각했던 것이다. 아마도 시대를 잘 만났다면 나는 출생과 동시에 언덕에서 굴러 떨어져야 했을 것이다. 구르고도 멀쩡해야 비로소 길러졌을 것이다. 상황만 허락했다면 아버지는 겨울 강가의 물과 얼음으로 나를 단련시켜 키웠을 것이다.

아버지는 이제 우리 집안에 더 이상 사탕은 없다고 단호하게 선언했다. 먹고 싶다면 시집가서 사 먹으라고 했다.

사탕 금지를 선포하면서 아버지가 들려준 불교설화만큼 단맛의 악에 대해 스펙터클하고도 비극적으로 말한 것은 나는 아직까지 못 들어 봤다.

어떤 이가 산에서 호랑이에게 쫓겨 도망치다가 구덩이에 빠졌다. 구덩이 중턱에서 뻗어 나온 썩은 뿌리에 간신히 매달려 있는데 바닥을 보니 독사가 우글거리고 있다. 그런데 갑자기 어디선가 나타난 쥐가 뿌리를 갉아먹기 시작한다. 나무 뿌리에서 꿀이 흘러

나와 그의 입에 떨어진다. 그는 입가의 꿀을 핥으면서 달콤함을 느낀다.

삶은 호랑이, 독사, 뿌리를 갉아먹는 쥐라는 죽음과 고통뿐인데도, 단맛이라는 삶의 쾌락에 빠져 인간은 삶의 윤회를 반복한다고 설화는 훈계한다.

종교와 아버지는 나에게 단맛을 끊으라고 명령했다.

나는 신과 아버지에게 저항하지 않았다. 신과 아버지의 판단에 직관적으로 동의했고, 복종했다.

단맛이 응축된 사탕의 달콤함은 유혹 그 자체였다. 나는 그 맛을 한번 보면 그만둘 수 없었다. 부모의 생각대로 내가 무절제한 존재가 될까봐 두려웠다. 나는 도덕적 성숙을 위해 단맛을 끊기로 작정했다. 종교적인 배경에서 단맛을 거부하기로 했다. 거룩함에 대한 복종으로 단맛을 버리기로 했다.

그리고 무절제와 악에 대한 방어기제로 쓴맛을 선택했다. 글쎄 누가 쓴맛을 좋아할까? 나는 원래 쓴맛을 싫어했다. 그래서 통제하기가 수월했다. 내 욕구를 쉽게 관리할 수 있게 되었다. 쓴맛은 도덕적 자아 형성의 지름길이었다.

나는 의도적으로 계속 쓴맛을 선택했다. 그러다가 쓴맛에 익숙해지고, 마침내 쓴맛을 좋아하게 되었다. 혀에서 단맛이 느껴지면

즉각적으로 이상한 거부감이 들면서, 단맛을 싫어하는 이유를 101
가지도 넘게 줄줄이 댈 수 있게 되었다.

딱 한 번 탕자가 되다
: 사탕을 빨다 엉엉 울다

하지만 나의 혀는 줄곧 단맛을 원했다. 나의 몸은 단 것의 말랑
함과 유연한 끈적임을 원했다. 나의 심리는 달콤함이 주는 깜찍한
욕망을 원했다. 그런데도 나는 내 욕구를 무시했다. 내 욕망을 인
정하지 않았다.

장을 볼 때마다 사탕은 매번 나를 시험에 들게 한다. 가장 위험
했던 시험대는 유럽에서 살았을 때의 수제 사탕 가게였다. 내 추
측에 아마도 사탕 가게 주인은 나를 편집증 내지는 강박증을 앓는
사람으로 생각했을 것 같다. 갖가지 모양의 영롱한 빛을 내며 진
열되어 있는 사탕들 앞에서 나는 감탄했다. 안타까운 표정을 지었
다. 심지어 사탕에 코를 박고 향기를 맡으면서 한도 끝도 없이 서
있었다. 어린아이라면 귀엽기라도 했겠지만, 다 '늙은' 여자가 너
무 동심인 척했으니, 쫓겨나지 않은 게 다행이다 싶다. 그래도 나

의 의지가 매번 승리해 그 수제 사탕을 산 적은 한 번도 없었다.

그러다가 박사 학위를 받은 날, 나는 수제 사탕 가게로 갔다. "오늘은 괜찮아. 오늘은 특별한 날이야." 나는 속으로 되뇌면서 의지력을 발현해 나 자신을 위해서 문제의 사탕을 아주 조금 샀다.

특별한 날의 특별한 사탕을 거리에서 아무렇게나 먹을 수는 없었다. 집으로 걸었다. 아무도 없는 집에서 소파에 앉아, 경건한 마음으로 사탕을 하나 집었다. 입안에 넣어 천천히 아껴 가며 빨았다. 그런데 눈물이 주르륵 흘렀다. 그러다가 눈물이 펑펑 났다. 마침내 대성통곡을 했다. 사탕 단물을 목구멍으로 넘기며 엉엉 울고, 사탕을 입 구석에 몰아넣고 엉엉 울고, 사탕을 한 번 빨고 엉엉 울고……

나는 그 단맛을 원했다. 「체리 향기」의 노인이 말한 그 단맛을 원했다. 삶이 주는 선물과도 같은 달콤한 맛을 원했다. 삶의 아름다움에 저항하지 않고 받아들이는 맛을 원했다.

그런데 왜 뿌리에서 떨어지는 꿀을 핥으면서 단맛을 느끼면 안 되는 것일까?

나는 원한다. 뿌리에서 떨어지는 단맛을 빨면서 '인생은 달다'고 외친다.

"인생은 달다."

삶을 고소하기로 하다

: 삶의 단맛을 모르자, 삶이 나를 속였다

나는 단맛을 좋아했고 원했지만, 지금까지 내가 주로 먹은 것은 쓴맛으로 점철되고 있다. 그 결과 나는 만성적인 저혈당증의 징후를 보이고 있다. 일정 수준의 저혈당증은 신경체계에 공격적인 반응을 불러일으키는데, 사회적이고 심리적인 스트레스에 매우 예민하여 자못 공격적인 행위로 연결된다.

나는 보통 사람들이 그냥 넘어가는 일에 쉽게 화를 내고, 그들의 둔감함에 정도 이상으로 짜증을 낸다. 삶의 단맛을 포기하면서까지 내가 지켜내고 있는 것을 그들이 지키고 있지 않은 것을 보면 견딜 수가 없다. 특히나 도덕적으로 느슨한 사람을 보면 심지어 살의까지 느낄 때도 있다.

아마도 내가 좋아하지 않는 것을 결정한 것에 대한 보상이 그런 적대감으로 표출되는 것 같다. 나는 이제 단맛을 못 느끼는 사람이 되었고, 게다가 그것 때문에 공격적인 사람이 되었다.

하지만 공격적인 심리보다 더욱 나쁜 것은 내가 무기력하다는 거다. 그것은 마치 로또에 당첨된 사람이 행운을 다루는 데 무능력해서, 행복에 익숙하지 않아서, 익숙한 불행으로 도망쳐 사는 것과도 같은 무기력이다. 인생의 매혹을 체념한 자가, 삶의 선물을 거부한 자가 이 세상에서 가질 수 있는 것이 무엇일까?

나는 쓰디쓴 삶과 혼연일치가 되어 쓴 것을 마시고 먹고, 쓴 길을 걷고, 사람들과 쓰디쓴 삶을 나눈다.

무기력보다도 더 위험한 것은 내가 원하는 것이 무엇인지를 모르는 상태에 와 버렸다는 것이다. 최고로 위험한 것은 내가 원하는 것을 하고 있다는 환상에 사로잡혀 있는 것이다.

내가 단맛을 빼앗기자, 또는 버리자, 나는 세상을 욕망하는 법을 잃은 사람이 되었다. 세상을 내 욕구가 아닌 세상의 욕구로 욕망하자, 삶이 나를 속이기 시작했다.

나는 삶의 사기에 속아 넘어간 멍청한 피해자가 되고 말았다.

나는 조만간 삶의 법정에서 세상을 고소할 것이다.

그리고 그 법정에서 외치고 싶다.

"그래도 삶은 달콤하다!"

3

여우 아이 : 나는 날마다 살아 있는 간을 먹는다

"사자처럼 피의 희생을 받은 신은 배경으로 밀쳐지고 희생된
신이 전경을 차지해야만 한다. …… 신은 살해를 행하는 동물
대신 살해된 동물이 되었다."

— D.H. 로렌스

에피소드 1. 여우가 되고 싶은 아이

어린아이들에게는 비인간적인 욕망이 걸러지지 않은 채 강렬하게 나타난다. 지렁이에게 소금을 뿌린다거나, 오줌을 지린 경험은 누구나 있을 것이다. 아이들은 지렁이가 괴로운 듯 꿈틀거리는 것을 보며 흥분한다. 그 지렁이가 부글거리며 거품을 내놓을 땐 환호한다.

아이들이 가지고 있는 야성과 야만을 향한 욕구는 작은 벌레와 곤충을 향해서 나타난다.

빈혈인 아이가 흙을 먹거나, 날고기를 먹는 것은 단순히 결핍된

원소를 보충하는 것이 아니다. 아이 안의 짐승적인 욕구는 인간의 음식이 아닌 광물성의 흙을, 동물성의 피를 원하는 것이다. 날것을, 생것을 원하는 것이다.

어린 시절의 나는 빈혈이었다. 아버지의 말을 빌리자면, 아귀처럼 먹는데도 몸은 빼빼 말랐단다. 나는 항상 어지러웠다. 그래서 소고기의 간을 자주 먹었다. 생간을 아주 맛있게 먹었고 피가 뚝뚝 떨어지는 생간을 먹으면 나는 기운이 났다.

하얀 소금이 깔린 큰 접시를 내 무릎 위에 놓으면, 엄마는 가늘고 길게 찢은 생간을 차가운 접시에 담아 주었다. 검붉은 간을 굵은 소금에 굴리는데, 하얀 소금에 핏물이 들었다. 그때 나는 이상한 쾌감을 느꼈다. 그것은 마치 내가 한 동물을 죽인 듯한 잔인한 쾌감이었다. 하얀 소금 위에 방울방울 떨어진 핏물은, 흰 눈 위에 사냥한 고기의 피를 흘린 사냥꾼의 자취와도 같았다.

나는 그때 설원의 에스키모 사냥꾼이고 싶었다. 아니 무시무시하게 잔혹한 한 마리의 짐승이고 싶었다. 사냥감을 물어뜯는 피범벅의 야수가 되고 싶었다.

나는 생간 위에 붙은 하얀 소금이 보송보송할 때 그것을 재빨리 입으로 넣었다. 나는 오랜 굶주림 끝에 비로소 먹을 것을 입에 문 동물이었다. 입 속 한가득 퍼지는 피 냄새는 코로 역류해 쇠붙이의 비린내를 풍겼다. 피 냄새에 눈 속 깊은 곳이 시큼해지면서 눈물이 살짝 맺혔다. 저절로 눈이 감겼다.

나는 동굴에서 살아있는 동물을 뜯는 맹수였다. 살포시 눈을 떠 숨을 끌어 올릴 때, 커다란 육식동물의 이빨이 드러난다. 앞니로 탱글거리는 간을 뜯었다. 간은 마치 살아 꿈틀거리는 고기인 양 이빨 사이에서 미끄러져 혀를 친다. 그 차가운 부드러움에 목구멍도 놀라 저절로 열렸다. 도르르 말리면서 죽기를 거부하는 고기를 혀로 둥글게 밀어 어금니로 굴복시켰다. 묵직한 저항감을 즐기면서 잡은 고기를 송곳니로 찔러 죽인다.

나는 파닥이는 동물의 심장에서 피를 뽑아 마시는 야수였다. 혀로 살아 있는 동물에서 생명의 엑기스를 빨아내듯이, 핏물을 쭉쭉 빨아 몇 번을 넘기면 동물은 더 이상 반항하지 못하고 축 늘어졌다. 죽어 널브러진 고기의 촉감은 승리감을 주었다.

생명은 생명을 먹고 자란다. 야생의 아이는 야생을 먹어야 살 수 있었다. 내 피는 살아 있는 피를 원했다. 내 몸은 '동종형성적'이기를 원했다. 하지만 나에게 주어지는 음식들은 문명화되어 부드럽고 온화한 것뿐이었다. 그것은 죽어 있는 음식들이었다. '이종형성적' 음식들은 내 몸이 원하는 피를 만들 수 없었다.

나는 간을 씹을 때마다 어느 광활한 땅의 한 마리 동물이 된 것
과도 같은 묘한 흥분을 가졌다. 게다가 내가 간을 삼킬 때마다 할
머니는 "아이쿠, 저 여우같은 것."이라면서 놀리셨는데, 나는 그
말에 대해 겉으로는 싫은 척 했지만, 내심 좋았다.

나는 여우가 되고 싶었고, 여우가 된다고 느끼고 있었다.

옛날이야기
: 여우 누이

여우 아이는 반-기억이다.
잊음 없이 쌓여만 가는 기억이다.

딸을 고대하던 집안에 태어난 매력적인 여자 아이는 원래 여우
였다. 여우 아이의 속은 날 때부터 어른이어서 사람들이 잊거나
잊어야만 했던 모든 것을 기억했다. 여우 아이는 반-기억이다.

사람들은 기억한다고 말하지만 그들은 사실 잊을 뿐이다. 그들
이 아직 잊지 못한 것들이 그들 각자의 '기억'이 될 뿐이다. 망각
이 사람들의 기억이다. 거대한 망각의 바다에서 물거품처럼 일어

난 과거의 인상들을 이리저리 맞춰 사람들은 그들의 기억을 만든다. 너와 나는 동일한 일을 겪었어도, 한때 동일한 과거에 있었어도 너의 기억과 나의 기억은 다르다. 그것은 마치 똑같은 음식 재료를 가지고서 다른 음식을 만들어 내는 것과도 같다. 서로 믿을 수 없는 옛이야기들이 사람들의 기억이다.

하지만 여우 아이는 망각이 없는 기억이다. 사람들의 기억과는 반대로 없어지지 않고 쌓여만 가는 기억이다. 오로지 하나의 이야기만이 전해오는 완전한 기억이다. 여우 아이의 기억은 사람들의 기억과는 반대되는 완전한 기억이다. 여우 아이의 기억은 반-기억이다.

그래서 사람들은 그 아이에게 물었다. 아이는 사람들이 잃은 것들과 잊은 것들에 대해 상세히 말해 주었다. 사람들은 여우 아이의 기억 때문에 미치도록 행복했거나, 죽을 만큼 불행했다.

여우 아이는 반-사실이다.
사람들의 사실을 버리고, 자기의 사실을 만들었다.

여우 아이의 입술은 사람들의 망각과 무지 위에서 빛나, 거짓말도 진실성을 갖게 하는 마술을 부렸다. 그 아이가 하는 말은 언제나 사실이 되었다. 그것은 단지 시간의 선후의 차이였을 뿐이다.

사실이 있기도 전에 여우 아이는 그가 원하는 사실을 꾸며서 말했지만, 그 아이의 말은 언젠가는 이루어졌다. 여우 아이는 진실한 아이가 되었다. 그 아이는 단지 앞서서 또는 너무나도 뒤늦게 사실을 말했을 뿐이었다.

사람들은 사실을 숭배했지만 여우 아이는 사실을 버렸다. 그 아이는 자기가 원하는 사실을 만들고 있었다.

언젠가부터 사람들은 그 아이의 반-사실을 예언으로 받아들이기 시작했다. 하지만 여우 아이는 사람들이 기다린 예언자는 아니었다. 그 아이는 장차 '피의 여사제' 가 될 아이였고, 당연히 여우 아이의 신전은 '도살장' 이었다.

여우 아이는 반-가족이다.
육체의 계보를 무너뜨린 곳에 자신을 세우다.

여우 아이의 욕망은 반-가족이었다. 그 아이는 금지된 것을 욕망했다. 여우 아이는 사람들이 족쇄를 채우기 전의 욕망, 길들이기 전의 욕망이었다. 여우 아이는 욕망 그 자체이다. 욕망이 지배하는 시간이 오면, 아이는 몰래 외양간으로 숨어들었다. 아이는 매끄러운 팔을 소의 항문 속으로 집어넣어 꾸물꾸물한 창자를 따

라, 간까지 뱀이 지나간 길과도 같은 긴 구덩이를 팠다. 소는 고통
을 몰랐다. 소는 자기의 뜨거운 내장에 부드러운 찬바람이 퍼지는
것에 환희를 느껴 눈을 지그시 끔벅일 뿐이었다. 불쌍한 소는 환
희 속에서 죽기에, 고통도 몰랐다.

여우 아이는 맨 처음에는 짐승의 피 냄새와 인간의 피 냄새를
구별했지만, 소의 간을 다 먹어치운 여우 아이는 자기의 가족을
잡아먹는 잔인한 요물이 되었다. 그 아이는 목구멍으로 가족들의
간을 삼켰다.

오빠들이 그 집안을 잇는 계보였다면, 여우 아이는 반-계보다.
반-가족이다.

누이라고 불리던 아이가 가계를 잇는 길은, 오빠들이 죽었을 때
이다. 누이라고 불리는 아이가 가문을 대표하려면, 아버지에서 오
빠로 이어졌던 모든 것을 먼저 무너뜨려야 한다. 그것은 집안의
재산인 소였고, 그것은 생식의 계보인 핏줄이었다.

여우 아이는 육체의 계보를 무너뜨린 곳에 자신을 세우려 했던
반-가족이다.

에피소드 2. 나는 밤마다 내 간을 꺼내 먹는다

나는 내가 여우 아이라는 것을 직감적으로 느끼고 있었다. 그러나 유감스럽게도 내가 태어난 곳은 야만이 아니었다.

정상적이고 표준적인 다수의 문명인 사이에서 나는 선택을 해야 한다. 계속 야만 그대로의 욕구를 표출할 것인지를 결정해야 한다. 그것의 결과로 나는, 살아 있는 간을 먹을 것이다. 그것이 동물의 것이든, 인간의 것이든 상관없다.

이 경우 '여우 아이 되기'는 야만으로의 퇴행이 아니다. '야만을 향한 역행'이었다. 이 역행만이 세상을 통째로 증거하고 예견할 수 있는 힘을 준다. 이 힘을 소유한 자만이 문명에 의해 길들여지지 않는다. 여우 아이가 되어 야만에의 욕구를 실현한다는 것은 문명이 정복할 수 없는 자로 산다는 것이다. 타협이 불가능한 소수로 사는 것이다.

하지만 다수의 문명은 나를 가만두지 않을 것이다. 그들은 나를 회유할 것이고, 나를 협박할 것이고, 나를 가둘 것이고, 나를 죽일 것이다.

문명은 여우 아이를 정복할 수는 없어도, 그 아이를 죽일 수는 있다.

태생이 여우 아이인 내가, 어린 시절 문명의 정상인들을 조종할 수 있는 유일한 수단은 그들을 감동시키는 것이었다. 문명인에게 는 희망을 버리고, 심지어 죽음을 택하는 인간은 감동 그 자체이 다. 문명인은 그런 인간을 대면하면 강박적으로 도우려 하고, 삶 을 강권한다.

나는 자포자기했다. 나의 자포자기는 그들을 움직였다. 그들은 죽은 동물의 비린 간과 썩은 피를 구해다 주었다. 그들은 나를 살 렸다. 썩은 고기는 나에게 문명과 타협하게 했다. 나는 교화된 야 만의 모범적인 사례가 되었다.

내 안의 여우 아이는 죽어 가고 있었다. 야성의 생생한 생명력 은 사라졌다. 야성이 준 노래를 잊었다. 야성이 가졌던 힘도 꺼졌 다. 문명은 나를 시멘트 정원에 심어진 나무처럼 '다수의 정상인' 으로 키우고 있었다.

나는 여우 아이일 때에만 진정으로 살 수 있다. 단지 생존하기 위해 여우 아이의 본성을 포기할 수 없었다. 그래서 나는 문명이 '정상'이라고 표시한 기준에 맞추는 거짓된 이중의 삶을 선택했 다. 나는 여우 아이를 내 속에 감추어 놓았다.

나는 더 이상 그들이 던져준 썩은 고기를 먹지 않는다. 나는 낮 동안에는 거의 자포자기로 산다. 자거나 졸거나 아주 조금 일한 다. 문명인들은 나를 안쓰러워 하고 극진히 돌본다. 그들의 배려 에 대한 감사의 표시로 나는 채식주의자가 되었다. ↻

하
지
만 여우 아이의 시간인 밤이 오면,
살아 있는 간을 먹는다.
매일 밤 살아 있는 내 간을 먹는다.
그리고 밤마다 이 세상 밖으로 나간다.
그곳에서 나의 야만의 욕구는 더 이상 죄가 아니다.
오히려 순진무구한 본능의 자유,
억압되지 않은 야성의 생명이다.

여우 아이라는 나의 태생이
이 세상에서는 죄다.
내 간은 밤 동안 나 자신에게 먹히고,
낮 동안 재생한다.
내 천형은
자유의 대가이다.

11 무너진 가족의 나쁜 꿈

그림자 남자 : 무정이 유정이 되어

"가엾은 내 사랑 빈집에 갇혔네."

– 기형도

여자는 집에 사랑을 두고 떠났다

그가 직장에서 돌아와 오니 집이 또 달라져 있다. 그는 쓸데없는 짓인 것을 알면서도 현관 비밀번호를 다시 바꿨다.

미치지 않으려면 이 집을 팔고 이사를 해야겠다고 생각한다. 오늘은 너무 늦었고 내일 부동산에 집을 내 놓기로 결심한다.

그 여자가 떠난 후, 이 집과 이 집안의 모든 것들은 점차 살아나고 있다. 그것들은 지금도 그를 보고 있고, 그를 듣고 있고, 그의 욕구를 읽고 있다. 이 집과 이 집안의 것들은 그가 무엇을 필요로

하는지를 알고 있다. 그가 외로워 하자 그에게 말을 걸고 있다. 추억을 불러일으키고 있다. 그는 요사이 혼잣말을 너무한다고 생각했지만 사실은 그것들에게 은연중에 대꾸하고 있었다.

이제 그는 이 집과 이 집을 이루는 모든 사물들이 살아나고 있다는 것을 부정하지 않는다.

그가 집이 달라지고 있다는 것을 인정하자, 이 집과 물건들은 그가 있을 때조차 움직이기 시작했다. 집과 집안의 물건들은 그 여자의 흉내를 냈다. 그것들은 그녀가 되기 시작했다. 그것들은 그녀가 되어 그에게 다가왔다.

어느 때 방문 손잡이는 그가 만질 때에 살며시 떨었다. 마치 그 여자의 살결이 환희에 흔들릴 때처럼 입자 하나하나 찰랑였다. 그의 손에 전기가 일어나 감전된 듯이 놀랐다. 한번은 찻잔을 잡고 있을 때, 갑자기 찻잔이 물렁거리면서 그의 엄지손가락을 따뜻하게 감쌌다. 그는 찻잔을 떨어뜨렸다. 그 여자의 따뜻한 손이 그의 엄지손가락을 쥐는 듯한 생생한 느낌이 무서웠다. 어느 때는 방바닥이 구름 위를 걷는 듯이 푹신해지면서 단단한 발을 부드럽게 녹여 주었다. 그 여자의 배 위에 머리를 놓았을 때의 느낌이 발로 전해졌다. 그는 섬뜩했다.

그것들은 알고 있다, 그가 그 여자를 미치도록 원한다는 것을.

집은 여자를 추억하다

그 여자는 평범했다. 그러나 그 여자가 떠난 지금에서야 그는 비로소 알게 되었다, 그 여자는 '부보다도 더한 것을 창조해 놓고서는 홀연히 사라진 마법사' 였음을.

사람들은 마법사가 사라진 후에야 그가 비범했음을 안다. 그리고 그가 '대가 없이 준 낙원을 낭비' 했음을 안다. 한번이라도 낙원에 있었던 자에게는 그 이후 비참만이 남아 있을 뿐이다. 이 집의 모든 것들은 중심을 잃었다. 그렇다고 그것들의 질서를 방해하는 것은 아무것도 없다. 그래서 모든 것이 무너졌다. 낱낱이 따로따로 서 있다. 이제 집은 집일 이유가 없어졌다.

주인이 떠난 지금 물건들은 주인의 옛정을 담고 있는 무엇이 되었다. 정이 흐르는 그것들은 깨어나고 있다. 그것들은 생명이 되어 가고 있다. 무정이 유정이 되어 가고 있다.

남자, 여자와 이야기하다

구두를 벗다가 신발장에서 그 여자의 신발을 꺼낸다. 그 작은 신발에 자신의 발을 집어넣어 본다. 발이 걸린다. 그는 그 여자의 입장에 서 보고 싶었는지도 모른다. 그것은 여자를 많이 닮았다. 눈에 띄지 않는 평범한, 그러나 어디에나 어울리는 검은색의 단화가 여자와 함께 얼마나 많은 길을 걸어 다녔는지를 말해 준다.

"내가 너를 알았을 때, 처음에 너는 낯선 사람이었지. 얼마 후, 나는 너한테 익숙해졌지. 그리곤 나는 네가 처음엔 낯선 사람이었다는 것을 점점 잊었지. 다른 사람들도 네가 나한테 더 이상 낯선 사람이 아님을 기억하기 시작했지. 우리들의 망각과 우리를 둘러싼 사람들의 기억은 우리에게도 사랑이라는 것을 가능하게 해 주었지."[1]

그는 고개를 끄덕인다. 그는 그 여자의 신발을 벗는다. 옷도 갈아입지 않은 채 신발을 닦기 시작한다. 그 여자와 함께 했을 땐 한 번도 닦은 적 없었던 신발을, 신을 이가 없는 지금, 정성스럽게 닦는다. 그것은 그에게 시작은 있으나 그 끝은 예측할 수 없는 추억을 가리킨다. 그는 알고 싶다, 무엇이 문제였는지를.

"아무도 방해할 수 없는 고유한 각자의 '나' 가 문제였나?"

---

[1] 20대 후반 선물로 받은 독일 달력에 실려 있었던 어느 독일 시인의 시 일부분이다. 그 부분이 좋아 지금까지 외우고 있지만 시의 제목도, 시인의 이름도 잊었다.

“아니. 우리 앞의 희망은, 우리 뒤의 행복은 우리의 오늘을 파괴했지. 그것은 우리가 불평할 수 있는 것보다 잔혹했지. 거의 신체적인 고통을 가져오듯이 마침내 우리를 병들게 했지.”[2]

그가 대꾸한다.

“독한 약을 먹듯이 매일 강력한 인내를 삼키는 것은 너만의 것이 아니야, 축복 받은 갈증 앞에서 한 번도 적셔 본 적이 없는 혀가 바로 우리야. 우리의 사랑과 희망에 기대하여 나는 스스로를 지탱했어.”

그 여자가 사랑을 받기 위해 이 집을 나간 것이 아니라는 걸 그도 잘 알고 있다. 그는 그 여자의 만용에 가까운 예민한 정열을 증오한다. 그가 참을 수 있는 것을 그 여자가 참을 수 없고, 아니면 참지 않기로 작정한 것이 미움의 저 깊은 곳에서 소리를 낸다. 그 여자의 신발을 정성을 다해 닦았지만 만약 지금 그 여자를 다시 본다면 결코 기쁠 수만은 없을 것 같다. 그의 모든 사랑과 미움을 가지고 있는 그 여자가 그에게는 참을 수 없는 인내가 되었다.

그녀가 다시 돌아올지도 모른다는 예감은 그를 위해 준비된, 그러나 그가 ‘살아서는 입지 못하는 수의’와도 같다. 그는 그 여자

---

2) 각주1)과 마찬가지다.

를 만나지 않을 것이다. 우연히 마주치는 것도 할 수 있는 한 피할 것이다. 그래도 그는 그 여자가 떠난 후, 서로 만나는 날을 생각한다. 우연히 마주치고 싶지는 않다. 만나는 날을 약속하고 싶다. 약속한 날이면 그는 목욕을 해 먼지를 씻어 내고, 약속 시간까지 두 번 또는 세 번 향수를 살짝 뿌리고, 그가 가진 옷 중에서 제일 좋은 옷을 멋지게 입고 싶다. 그들을 모르는 사람들에게 그 여자에 대한 그의 사랑을 알릴 수 있는 커다란 붉은 장미 다발을 손에 들고 싶다. 그날 그는 유쾌한 원숭이고 싶다.

그래도 그는 벌써 두렵다, 각자에게 서로가 추억으로 기억될까봐.

"우리가 다시 만나게 될 때, 네가 나를 매우 늙었다고 느낄 것이 두렵다. 내가 예전처럼 자주 웃을 수 없을 것이 두렵다."[3]

그는 창밖으로 텅 빈 거리를 보고 있다.

유리창에 비친 그림자가 그를 바라본다. 유리창의 그림자는 마음속으로 하나의 동경을 피어오르게 한다. 그는 점점 희미해지는 대신에 그림자 남자는 차츰 또렷해지고 있다. ↻

____
3) 각주1)과 마찬가지다.

2

공범자 가족

"인간이 인간에게 생명을 주는 것은 광기이다."

– 니체

어머니는 무의식적으로 그를 방기했다

오후는 언제나 나른했다. 그는 항상 혼자 앉아 있었다. 침묵과 그것을 에워싼 햇살만이 있었다. 미지근하게 데워진 공기가 풍기는 시큼한 냄새는 그를 취하게 했다. 오후의 끝 무렵, 현실의 불만족을 쓸어주는 잠이 소록소록 찾아온다. 마침내 잠들 지경이다.

하지만 이때, 어머니가 그의 이름을 부른다면, 그는 비늘을 거꾸로 세우는 바닷고기인 양, 몸을 부르르 떨며 어쩔 수 없이 결을 거슬러 일어나야만 했다.

곧 분수 가에 떠 있는 무지개가 사라질 테고, 이어서 초저녁별이 둥글게 빛날 테고, 사시나무가 어둠 속에서 하얗게 떨 때이기 때문이다.

아이들의 시간은 이미 다 지나가고 있었다. 모든 것이 한번은 끝이 있다, 그의 침묵 놀이도, 다른 아이들의 다른 달콤한 유희도.

모든 것을 위해 울 수 있는 어머니는 저녁이 다 오기 전에 그의 이름을 불렀다.

자기 이름이 불릴 때마다 그는 거의 준비가 되어 있지 않아서 첫 번째 시선은 허공을 헤매기 일쑤였다. 특히 오후에는 귀에 남은 잔영 외에는 아무것도 눈에 들어오지 않았다. 그의 첫 시선은 황망했지만 두 번째 시선은 그녀의 머리에 꽂힌다. 부름을 거부하기에는 너무 어린 그는 어머니의 머리가 하얗다고 느꼈다.

처음에 슬픔은 머리 구석에 잿빛 그늘을 만들 뿐이지만, 깊은 슬픔은 머리를 하얗게 덮는다. 그리고 시작을 알 수 없는 아주 깊은 슬픔은 심장까지 새하얗게 흘러들어간다고 그는 생각했다. 그는 어머니의 심장을 절대로 다치게 해서는 안 된다고 결심한다.

어머니가 그를 사랑하는 것은 사실이었다. 하지만 그를 향한 어머니의 태도는 아버지에 대한 관계 속에서만 결정되었다. 어머니는 아버지의 사랑을 잃을까봐 전전긍긍했다. 아버지가 어머니를

사랑하는 것보다 아버지를 더 많이 사랑을 했던 어머니는 사랑의
약자였다. 어머니는 등 돌린 남편의 뒷모습이 자식의 눈물보다 더
무서웠다. 그래서 어머니는 저녁 이후엔 그를 그저 그의 남편에게
넘겼다. 밤 동안은 그를 본 척도 안 했다. 어머니는 그를 방치한
것이다.

어머니는 그의 불행한 어린 시절에 대해 책임이 있었고, 아버지
와는 달리, 그것 때문에 괴로워했다.

아버지는 자신의 죄를 상속으로 주었다

어머니가 영혼의 모진 고통을 겪은 후, 서른에 결혼한 남자가
그의 아버지이다. 거대한 곰과도 같은 그의 그림자가 텅 빈 골목
을 채우면 그의 아들은 믿지 못할 굉음을 느꼈다. 왜 그 당시 무시
무시한 소리를 들었다고 생각했는지는 아주 나중에, 그가 어른이
되고 나서야 알 수 있었다.

아버지, 그는 생명의 전횡이었다.
'인간이 인간에게 생명을 주는 것은 광기이다.'

입 속의 외침은 그의 몸을 돌고 돌아 결국 떨게 하고, 그를 감싼 주위를 울려서, 모든 소리들을 삼켜버린, 그 자신까지도 삼킨 소용돌이를 듣게 했다.

밤이 오면, 어려운 시험이 시작되었다. 그 시간은 모여든 가족이 서로를 고백해야 했기 때문이다. 도대체 무엇을 고백해야 하는지 그는 갈피를 잡을 수 없었다. 그는 순진무구했다. 그는 결백한 어린아이였다. 게다가 그는 자술에 무능했다. 그런 그에게 떨어지는 아버지의 거절과 증오의 눈빛은 상황을 자못 위험하게도 만들었다.

죄는 아버지의 업적이었다.

아버지는 그가 가족을 위해 무슨 죄를 저질렀는지를 자랑스럽게 털어놓았다. 아이는 원한 적이 없는데도, 아버지는 아이를 위해 거짓말을 했고, 물건을 훔쳤고, 친구를 배신했다고 고백했다.

어린 그는 아버지가 무서웠다. 가족은 핑계였다. 그는 악인일 뿐이었다. 결백한 그는 아버지가 부끄러웠다. 아버지는 가족을 공범자로 만들었다. 그는 비겁자일 뿐이었다.

매일 밤 아버지는 죄를 자식들에게 상속하고 있었다.

그 죄를 내면화하는 것은 착한 자식의 몫이다. 어린 그는 아버지의 죄를 낱낱이 알아야 하고, 결백한 아들은 아버지 대신 사죄해야 한다. 죄 짓지 않은 자의 죄 갚음은 그의 업적을 도덕적으로 완성할 것이기 때문이다. 악한 형들은 아버지의 죄를 알 필요는 없었다. 훗날 아버지와 공범자로 살 것이기에 죄를 상속하지 않아도 되었다. 아버지와 함께 죄의 업적을 나눌 것이기 때문이었다.

아이는 죽어서도 가족을 벗어날 수 없다

밤이 오면, 어린 그는 병들어 눕고 싶었다. 혼자 깨끗하고 따뜻한 자리에. 또 몰래 슬쩍 생각하곤 했다. 늙은 아버지는 푸른 무덤에서, 아버지를 닮은 형들은 멀리 떨어진 섬의 수용소에서, 무기력한 어머니는 탑이 뾰족한 교회에서 평안하기를……

사실 그를 병들어 죽게 할 가족을 벗어날 수 있는 유일한 방법은 그가 먼저 병드는 것뿐인 듯했다. 그래도 여전히 가족에서 태어난 자는 가족 안에서 죽을 수밖에 없다. 아직 끝나지 않은 검은 기억이 쌓이는 추억의 장소가 그의 가족이다.

어느 누구도, "낡은 옷을 벗듯이, 가족을 떠날 수는 없다."

그는 아버지 앞에 있어야 했다. 아버지는 명령했다, 그가 자신을 부끄러워할 것을. 그의 내면은 그에게서 가벼움과 자유로움을 앗아가는 자기 의심과 자기 정당화의 욕구로 채워져 가기만 했다. 지속적인 외부의 평화는 끊임없는 내적 전쟁이었다.

밤의 시간은 천천히 흘렀다. 집안의 불빛은 언제나 동일했다. 그래도 나뭇잎이 바람에 살랑거릴 때마다 시간이 지나가는 소리를 그는 들었다. 밤의 한가운데서는 바람도 잠들기 마련이다. 정적이 지배하는 시간에는 모두 침묵해야 한다.

더 이상 말은 그를 모욕하지 않았다. 옆방에서 누군가 웃었다. 그러나 그는 상관하지 않았다. 밤의 정점은 어깨 위의 검처럼 명예롭게 그를 놓여나게 했기 때문이다.

까만 밤, 그의 얼굴에, 어깨에, 팔에 하얀 나비처럼 달빛이 걸렸다. 그는 끔찍할 정도로 기꺼이 살고 싶어졌다. ↄ

3

배덕을 상상하다

"악이 늘 효과가 있는 것처럼 보이는 이유는 선이 그것들에
대적하려 하지 않기 때문이다."

— C.G. 융

함께 있었지만 나눌 수 없었던 과거
: 사진 속의 아이 – 미래를 삼키다

그는 아버지와 함께 찍은 사진을 본다. 사진 속의 그는 10살, 그의 아버지는 40살이었던 무렵이다. 사진을 보고 있는 그는 이제 막 40살을 넘겼다. 사진 안에는 30년간의 축소, 사진 밖에는 30년간의 확장이 있다.

사진 속의 그는 초등학교 3학년의 맹랑한 시선을 가진 소년이다. 그 무렵 그는 학교에 익숙해지기 시작했고, 의욕적이었다. 그는 자신의 처리와 능력 밖에서 일어나는, 그럼에도 불구하고 전면적으로 겪어야 하는 일을 통해, 그 무엇인가를 배우고 있는 중이다.

그는 조심스럽게 외부 세계와 접촉하고 있는 중이었다. 그는 세계와 접촉하면서 야기되는 현상을 이해하고, 세계와의 대비를 통해 자신의 내면을 이제 막 이루어가고 있었다.

그는 당시 세계와 자신 간의 긴장감을 즐길 수 있을 정도로 배움에서 능수능란해져 가고 있었지만, 혹시 실패라도 했을 때, 아버지의 보호를 받고 싶었고, 다시 시작할 수 있도록 가르침과 보호를 받고 싶었다. 아버지의 사랑을 받고 싶었다.

사진 속의 그는 아버지 팔에 매달려, 앞니 빠진 입을 크게 벌려 웃고 있다. 벌어진 입은 어떤 세계도 삼킬 것 같은 검은 동굴의 입구처럼 보인다. 그는 세상을 향한 꿈을 이제 막 꾸기 시작했다.

사진 속의 아버지
: 자신의 희망에 냉담해지다

사진 속의 아버지는 뽀빠이처럼 어린 아들을 팔에 매달리게 하고 있다. 아이가 원숭이처럼 매달려 있는 것이 마음에 드는 듯하다. 자신이 단단한 나무처럼 아이를 매달리게 한 것이 자랑스러운 듯 한껏 가슴을 부풀리고 있다. 하지만 사진 속의 아버지는 그때 벌써 그 자신과 그를 둘러싼 온갖 것에 대해 조금씩 무관심해지기 시작하고 있었다. 지금 그가 보고 있는 사진은 아버지와 유년의 그가 같이 찍은 몇 장의 사진 중 하나이다.

아버지는 관심 상실증 환자의 경우처럼 자신의 희망에 대해 냉담해지고 있었다.

더구나 자신의 아이들에게 희망을 걸기에는 아버지는 젊었다. 인생의 한창인 40세 무렵이었다.

아버지는 자신에 대한 아무런 희망 없이 노동을 했다.

아버지는 오늘의 노동이 내일의 삶을 변화시킬 수 없다는 것을 알았다. 그저 오늘의 노동은 오늘을 현상 유지시킬 뿐이라는 것을 알았다. 그의 삶은 계모가 콩쥐에게 부과한 과제와도 같았다.

'밑 빠진 독에 물 붓기' ― 그가 가진 모든 것을 바쳐야 오늘을 겨우 살아낼 수 있을 뿐이었다. 한 번의 방만은, 한 번의 실수는 오늘을 아주 쉽게 날려 보낸다. 오늘이 사라진 곳에 내일은 없다.

아버지는 이 세상에서 자신에 대한 희망을 가질 만큼 천재적이지 않았다. 그렇다고 아버지는 자신의 삶에 대해 막연한 희망을 가질 만큼 어리석지도 않았다. 평범한 아버지는 희망을 버릴 수도 가질 수도 없었다. 대신에 자신에 대해서 점점 냉정해지는 이방인이 되어갔다.

아버지는 저녁이면 집으로 돌아왔지만, 최대한 불편을 끼치지 않으려는 손님처럼 가족 밖에 있었다.

현실의 사소한 사건들에 대해 이야기해야만 하는 각별히 중요한 순간들조차, 우울한 정서를 마음에서 몰아내야 하는 때조차, 행복한 저녁을 즐기기 좋은 모처럼 평정된 상태에서조차 아버지는 텔레비전을 켰다. 텔레비전의 푸른 광을 받아 번뜩이는 아버지의 얼굴은 마치 수은 중독자의 그것과도 같았다.

아버지는 가족들로부터 떨어져 나가 그렇게 조용히 자신을 방어하는 벽을 쌓았다.

아버지는 텔레비전을 보고 들으면서 진정 무엇을 보고 싶지 않았던 것인가? 정말로 무엇을 듣고 싶지 않았던 것인가?

아들은 아버지에게 학교에서의 일을 이야기하고 싶었다. 돌아오는 일요일에 하고 싶은 일을 이야기하고 싶었다. 그래서 그가 아버지의 눈을 맞추려고 하면, 아버지는 대부분 "다음에."라고 말

끝을 흐렸다.

아들은 아버지의 관심과 사랑 밖에서 커야 했다.

함께 할 수 없지만 나눌 수 있는 현재
: 아버지의 시련은 아들의 시련이 되었다

그는 지금 30년 전의 그의 아버지와 같은 마흔이다. 그는 어린 시절 이해할 수 없었던 아버지가 그 자신이라는 것을 안다.

그는 예전에 아버지가 겪었던 일상적인 시련을 겪고 있다. 자신의 삶에 대해 무관심해지는 것, 그래야만 살 수 있기 때문이다.

30년 전 아버지와 공통된 시련은 아주 가끔씩 그의 영혼을 뒤흔들어 놓을 뿐이다.

오늘처럼 유년의 사진을 꺼내 볼 때, 자신이 책 한 귀퉁이에 써 놓은 젊은 날의 저항을 보았을 때, 지나간 날들의 '의미심장한 매혹'이 올라온다. 그는 '그래 그런 적이 있었었지.' 라고 늙은 노인이 자신의 먼 과거를 회상하듯이 되뇌인다.

그의 젊음은 이제 그에게는 되돌릴 수 없는 아름다움에 대한 회한이 되었다. 그는 그가 예전에는 젊었고, 그의 심장은 언제나

'사고의 잔물결'로 움직여 올랐던 것을 기억했다.

그는 야릇하고 괴로운 느낌을 갖는다.

그러나 그는 곧 그 정서에 대해 냉담해진다. : "그럴 수밖에……."

매일 조금씩 독극물을 먹어 내성을 키우듯이, "그럴 수밖에……."는 그의 삶을 차츰차츰 중독시킨다. 여러 가지 중독 증세에 시달리면서도 그는 "그럴 수밖에"라는 약물을 스스로 끊을 수는 없을 것이다. 그는 자신을 언젠가는 스스로 독살시킬 것이다, 그의 아버지의 경우처럼. 암으로 죽은 그의 아버지의 병명은 의사와 사장이 약속한 공개적인 진단일 뿐이다.

언제 올지도 모르는 최후를 기다리는 동안, 그가 할 수 있는 유일한 일은 살아남을 수 있다는 망상을 믿는 것이다. 그의 '내면은 완전히 황폐해져 살아 있는 것이라고는 전혀 찾아 볼 수 없는' 데도 불구하고.

생명은 그에게 육체를 갖게 했다. 그래서 그는 논밭을 경작하고 공장을 돌릴 수 있었다. 또 아이를 낳아 기를 수도 있었다.

그의 현실은 순수한 육체적인 자동성이다.

외부의 지시와 결정에 따라 작동되는 기계와도 같은 삶이 그의 현실이다. 그의 자존심이 저항하는 한, 기계가 그의 도구이겠지만, 그가 포기하는 순간, 그는 기계의 일부분이 될 것이다.

그는 추수하고 생산하고 생식한다. 그는 무엇을 위해 그 일을 하는지 사실은 모른다. 그의 삶은 일개미의 삶과 다르지 않다고 느낀다. 거대한 아파트 단지에서 구획 지어진 한 공간에서 그는 먹고 마시고, 배설하고 아이를 만든다. 그는 아버지의 삶에 대해 저항했지만 30년 후 그 또한 아버지와 별반 차이 없이 살고 있다. 그의 현실은 순응주의이다. 그의 아들의 30년 후의 현실이 그와 다르지 않을 순응주의의 현실이다.

그에게는 생에 다시 돌려주어야 할 허무 이외에는 더 이상 아무 것도 없다. 허무는 강요된 현실 원칙과 나쁜 양심을 따라야 하는 "그럴 수밖에"의 정서적 고통을 완화한다.

있음직한 미래
: 배덕자로 살기로 작정해보다

기계와도 같은 삶과 허무를 뒤섞어 살고 있는 그가 저항을 실천할 수 있는 유일한 방법은 이 세상에서 퇴폐적이고 악덕하게 사는 것이다. 그는 그 길만이 현실의 자동성과 순응주의를 깰 수 있는 유일한 방법이라고 생각한다.

하지만 악당으로 살기에는 그는 너무나도 우유부단하다.

겨우 그는 게으르고 나른한 육체에 깃들게 마련인 모든 금기를 깨는 상상을 한다. ↩

푸른 보리밭을 가르는 횃불,
장대한 공장을 흔드는 아우성,

어둠 속에서 기다리고 있는 검은 눈동자…….
상상 속에서 그는 세상을 향한 불꽃같은 복수를 행하는 배덕자이다.

그는 자신이 아직은 꺼지지 않은 위험인 것에 자부심을 갖는다.

III 잊을 수 없는 꿈

방앗간 정경

> "나를 포옹하는 것은 어머니인 고향의 목소리! / 그대는 내가
> 오래 전에 잊고 있었던 것을 환기시키는구나!"
>
> — 횔더린 「귀향」

고향을 떠나온 사람

: 미리암을 생각하다

눈 내리는 섣달 그믐, 나는 눈을 무서워했던 미리암을 생각한다.

눈이 무섭다는 그의 말이 당시는 얼마나 우스웠는지. 그러나 몇 년 후, 함박눈이 내리던 고속도로에서 운전을 할 때, 나 또한 눈이 얼마나 무서웠는지. 눈은 결코 골고루 여기저기 내리는 것 같지 않았다. 나를 향해 휘몰아치면서 내렸다. 마치 그 순간만큼은 내가 세상의 중심에서 지상의 떨어지는 모든 눈을 맞는 것 같은 느껌이었다. "이랬단 말이지, 미리암. 비웃어서 미안해."하고 저절로 사죄의 말이 나왔다.

미리암은 고향을 떠나왔다는 이유 하나만으로 우스꽝스럽고 가난했다. 에콰도르 출신으로 대학까지 졸업한 인텔리였지만, 그는 당시 불법 체류 청소부였다. 그는 가족의 생활비를 벌기 위해 유럽까지 온 것은 아니었다. 그의 남편은 정글 속의 레닌주의자라며 자랑스럽게 이야기했다. 그는 군자금을 마련하기 위해 왔노라했지만 당시 나는 그 이야기를 믿지 않았다. 미리암은 하늘에서 하얗게 떨어지는 눈을 태어나 처음 보았다. 땅을 하얗게 덮은 눈이 무서워서 그는 스웨덴에서 독일로 옮겨 왔다. 그와 내가 한동안 살았던 본은 겨울비가 내릴 뿐 눈은 없었다. 미리암은 태양이 사윈 유럽에서 적도의 고향을 기렸다. 학원 앞 카페의 이태리 출신 아저씨와 주말이면 춤을 추러 가곤 했다. 독일의 을씨년스런 겨울 밤에 추는 살사는 그의 인생만큼이나 그로테스크했다.

섣달 그믐의 방앗간을 생각하다

미리암에 대한 추억은 자연히 고향을 떠나 온 사람들이 살았던 내 어린 시절의 동네로 옮겨 간다. 부박한 인생-뿌리를 떠난 인생이었지만 한껏 자유로울 이유도 없었던 사람들이 모여들었던 서울 변두리 내 고향을 생각한다. 옛날의 서울은 참 추웠다. 그 추운 겨울 날, 섣달 그믐 무렵의 방앗간은 따스한 온기로 기억된다. 어떤 이유에서건 고향에 가지 않았던 또는 갈 수 없었던 사람들은 정월 초하루를 앞둔 무렵 밤새도록 불린 쌀을 머리에 이고 방앗간으로 모여들었다.

방앗간은 목재상을 하는 아들을 둔 할머니의 소유였다. 아들의 목재상을 오른편으로 끼고 곧장 가면 막다른 길에 할머니의 방앗간이 있었다. 아침부터 방앗간 안은 빽빽이 들어선 커다란 기계들이 돌아가고 있었고, 순서를 기다리는 각양각색의 그릇들이 긴 줄로 늘어서 있었다. 할머니의 손님들은 떡이 나올 때까지 방앗간 앞 공터에서 시간을 보냈다. 아들이 목재상을 하는 덕택에 불쏘시개로 쓸 수 있는 나무 조각은 충분히 있었다. 아이 세 명은 들어갈 수 있을 정도로 큰 드럼통이 난로 역할을 했다.

물기를 머금은 연한 나무가 불과 함께 천천히 타올랐다. 여린 나무의 구수한 향기는 떡 찌는 냄새와 잘 어울렸다. 어린 나무의 촉촉한 열기는 온 몸을 녹이기에는 부족했지만 따뜻한 온기를 갖기에는 충분했다. 한가하게 떡을 기다리는 사람들이 불 주위로 모여들었다. 어른들을 따라온 아이들이 불 주위에 둘러서고, 어른들이 아이들 주위를 감싸 섰다. 불가의 우리들은 배가 뜨거워지면, 생선을 뒤집듯이, 등 쪽을 쪼이고, 다시 등이 따뜻해지면, 불 쪽으로 배를 돌렸다. 하지만 우리들을 둘러싸던 어른들의 등은 한데 바람 쪽으로 향해져 있었다. 어른들의 등은 막아줄 것이 더 이상 없었던 것 같다.

그래도 불똥이 천천히 공중으로 퍼져나가는 주위에서 사람들의 손들, 얼굴들, 목소리들, 몸짓들은 한 해의 가장 아름다운 풍경이었다. 붉은빛의 광채는 불 주위에 모여든 우리들의 손가락, 머리카락 사이사이로 흔들리며 편안하게 머물렀다. 따스한 온기는 우리의 마음에까지 퍼져 우리의 눈은 부드럽게 빛났다.

그들은 나름대로의 미진한 이야기를 지니고 있었지만, 그때만큼은 따뜻했고, 자기 자신 그리고 얼굴을 마주한 이웃에 대해 여유로운 시간을 가졌다. 그들은 적든 많든, 성에 차든 안 차든 한 해의 수확을 하였고, 이미 한 해를 과거로 접고 있었다.

그들이 지나온 짧은 길보다 더 길게 남아있는 여정을 위해 그들은 그 무엇과도 그 누구와도 화해하고 싶었다.

마음의 고향

: 가난한 이웃의 잔치

불꽃이 피어나는 곳에서 한겨울의 햇빛조차도 적막해졌다.

그곳에서 내 이웃들의 고달픈 삶은 타버리고 감사하는 삶으로 피어나고 있었다. 그들은 인생에서 그다지 많은 것을 받지 못한 사람들이었다. 자신이 대단한 사람이라거나 고귀한 인생을 가졌다는 자부심을 가지고 살아가는 사람들은 아니었다. 대부분은 한결같이 자고 나면 일하는, 일하고 나면 자는 사람들이었다. 어쩌면 일할 수 있기에 그리고 잠을 잘 수 있기에 삶에 대해 감사할 수 있었는지도 모른다. 내 이웃들은 현재를 사랑하는 것조차 벅차했었다.

하지만 내 고향 사람들은 사람을 사랑하는 방법을 알았던 사람들이었다. 그들은 사람들을 위로하고 북돋아주는 잔치를 어떻게 치러야 되는지를 알았다.

새해의 첫날을 위해 그들은 순정한 마음을 마련했다. 쌀을 씻으면서, 마음을 씻었다. 밤새도록 쌀을 불리면서 마음속 염원을 키웠다. 하늘을 향해 순결한 염원을 머리에 이고, 지상의 불로 모여드는 것은 당연했다. 세상을 녹이는 따뜻한 불은, 그날만큼은 그들의 것이었다. 떡을 찌는 불가에서 그들은 가난했지만 궁핍하지 않았다. 그들의 가난은, 삶의 단순함을 향한 용기였다.

그들 사이에 의심할 바 없는 지고한 것이 존재했다. 이 세상 어디에서도 찾을 수 없는, 고향에서만 찾을 수 있는 것이 그날 나타났다. 그 장소, 그 시간을 다시 살 수는 없지만, 잊거나 잃을 수 없는 원천의 무언가가, 그날 내 마음에 심어지고 있었다.

그때 우리가 마련한 하얀 떡은 사실 지상의 음식이 아니었다. 그날의 떡은 지상의 어느 누구와도 나눌 수 있는 염원이었다. 그들의 끝없는 염원은 떡이 나오는 순서에 따라, 이야기꾼들이 한 명 두 명 사라져 갈 때마다, 한 가락 두 가락 나누어지면서, 한 자락 두 자락 이야기의 끝을 접었다.

그리고 그들은 지상에서 가난한 이에 걸맞게 무례한 마음을 버리고, 근원의 품으로 돌아가고 있었다.

갓 찐 떡을 이고 가는 그들의 머리에서는 봄날처럼 아지랑이가 피어올랐다.

끝나지 않은 방앗간 이야기

나는 그때 마지막까지 남아 있었다. 갓 찐 떡을 각자 나누어 가진 지 오래지만, 그들의 이야기는 나를 잡고 놓지 않았다. 그들의 이야기는 잘 짜인 이야기처럼 놀랍거나 흥미진진하지는 않았다. 그들은 세상의 구석, 우리 동네, 자기 집의 이야기를 하나씩 내어 놓았고, 그들이 꺼내 놓은 이야기들은 저절로 맞물려져 천일야화와도 같은 이야기 꾸러미를 만들고 있었다. 그들은 자신들도 모르는 이야기꾼, 세헤라자드(『아라비안 나이트』의 여주인공_편집자 주)들이었다.

밖에는 여전히 눈이 내리고 있다.

고향을 그리워하는 마음에 눈이 내리고 쌓여간다. 눈 덮인 하얀 마음은 내가 유년의 방앗간 이야기를 이어갈 차례가 되었다는 것을 말해준다. 고향 사람들이 들려 준 '근원'에 이르는 이야기에는 내 몫도 있다.

나는 내 몫의 이야기를 어린 어머니에게 풀어낸다. 어머니가 모르는 나라의 겨울이 얼마나 긴지를, 어머니가 모르는 강가에 사는 사람들이 얼마나 많은지, 그들이 어머니가 모르는 이야기를 얼마나 많이 만들며 사는지를 하얀 편지지 위에 적는다.

내 이야기는 유년의 방앗간에 서 있을 어린 어머니에게 전해지리라는 염원을 담는다. 절망의 시대에 태어나 유년을 보내야 했던 어린 소녀에게 가까운 미래에서 온 내 이야기는 동경이 될 것이

다. 이야기는 어린 어머니에게 막연한 예감이 되어 꿈속에서 행복
을 보게 할 것이다. 그래서 어린 소녀가 막연히 사랑의 고백을 기
다리듯이 수줍은 빛을 띠며 잘 자라기를 바란다. ↩

2

무거운 발은 위대하다

"여기서는 제자리에 머물려면 있는 힘을 다해 달려야 한다."

– 『이상한 나라의 앨리스』

"멈추지 마! 달리지 않으면 죽어!"
: 어제를 기억하는 자는 오늘을 살 수 없다

하루가 밝을 때, 우리는 '망각'을 배워야 한다. 어제는 망각의 강을 건넌 것처럼 그렇게 멀어져야 한다. 앞선 하루는 저 멀리 다시는 돌아갈 수 없는 어제가 되어야 한다. 망각의 강을 건너 온 자만이 비로소 오늘을 살 수 있기 때문이다.

아직도 어제를 잊지 못하는 자에게는 죽음처럼 누워 있는 꿈에서조차 변형된 중형 사고가 항상 끼어든다.

"가야 한다, 달려야 한다, 발이 무겁다, 발이 떨어지지 않는다,

도무지 움직여지지 않는다.”

“멈추지 마! 달리지 않으면 죽어!”

그는 정지의 순간, 무시무시한 꿈에서 깨어난다. 정지는 퇴보이고 멸망이기 때문에 꿈에서조차 멈추어 설 수가 없다.

마침내 새날이 밝았다. 그는 어제에서 오늘로, 오늘에서 내일로 뒤돌아보지 않고 재빠르게 달려야 한다. 신속한 질주만이 그를 구해 오늘을 살게 할 수 있다. 어제를 잊은 자의 의식은 신속한 도망이다. 범죄를 저지른 자가 죄를 저지른 장소에서 재빠르게 도망치듯이 어제에서 빨리 도망쳐야 한다.

이 세상에서 어떤 도망과 도주도 ‘망각’ 보다 빠르지 않다.

지킬 수 없는 약속을 하는 것은 강박관념이다

어제를 기억할 수 없는 사람에게는 모든 것이 새롭다.

낡고 오래된 것은 버려야 한다. 변화하지 않으려는 것은 폐기되어야 한다. 한번 있었던 모든 것은 없어져야 한다.

오늘 그에게 어제의 근심은 없다. 오늘 새로운 삶의 문턱에서 어제는 관 속에 있다. 어제는 죽었다.

그에게 축적된 삶은 없다. 축적되지 않은 삶은 무게가 없다. 삶은 매일 오늘만큼의 가벼움만 가질 뿐이다. 이제 그는 비상하는 꿈을 꿀 수 있다. 단 망각의 무시무시한 속도를 맞추는 한에 있어서.

6시 기상, 세수 / 7시 식사 / 8시 사무실 / 12시 식사 / 13시 다시 사무실 / 18시 퇴근 / 20시 귀가 및 식사 / 21시 텔레비전 시청 / 22시 취침

정연한 시간 계획표는 망각이 주는 은총을 받을 수 있는 필수 조건이다. 구원은 인간적인 노력에 대한 예정된 응답이다. 달음질 치는 날의 궤도 진입이라는 문제를 그는 스스로 해결했다. 이제 남은 문제는 약속을 지키는 것뿐이다. 하지만 그는 아주 자주 약속을 미루는 이유를 찾거나, 항상 마지막 날까지 미룬다. 또는 때때로 그가 한 약속을 못내 지키지 않는다. 이것은 현실의 중형 사고[4]다. 또는 치유가 불가능한 강박관념이다.

그는 오늘 명예로운 약속을 하지만 오늘이 지나자마자 그것을 행할 의무가 없다. 어제의 약속은 시간을 뒤로 돌리는 불온한 것

---

4) 「중형 사고」라는 현대의 시간 관념에 대한 시에서 촉발되어 증발된 현재와 시간의 문제에 대해 생각해 보았다.

이고 반동이다. 어제의 약속은 폐기되어야 한다.

그러나 그는 매일 약속을 한다. 충족되지 못할 약속은 항상 새로운 것을 원하는 그의 허기짐이다.

위대한 발의 명령
: "멈추어라! 그러면 너는 영원하리라."

가장 무거운 것은 움직이려야 움직일 수 없는 것이다.

어제를 기억하는 자의 발은 움직이려야 움직여지지 않는다.

어제를 기억하는 자의 발은 무겁다.

무거운 발은 세상의 중심에 대한 향수를 기억하는 발이다.

어제를 기억하는 자의 발만은 위대한 중력의 법칙을 잊지 않고 있다.

그의 무거운 발은 위대한 법칙을 실현하고 있는 위대한 발이다.

어제를 기억하는 자는 과거의 어느 시대에 무거운 발을 가진 자였을 것이다.

그는 한때 자신의 심연을 목격했던 오이디푸스였을 것이다. 그는 발이 곪은 사람이었을 것이다. 그는 어느 때 황금 양털을 찾는 모험에 나선 이아손이었을 것이다. 그는 신발 한 짝을 잃어버린 사람(Monosandalism)이었을 것이다. 그는 그 때에 하나님의 천사와 씨름을 했던 야곱이었을 것이다. 그는 다리를 저는 사람이었을 것이다. 그는 먼 과거에 자신이 위대한 발을 가졌던 사람이라는 것을 두려운 꿈에서 안다.

그는 움직이지 않는 중심에 붙박인 발 때문에 공포를 느낀다.

땅의 중심을 향해 붙잡힌 발이 그가 아직도 어제를 잊지 못하는 자라는 것을 증명하기 때문이다.

어제를 잊지 못하는 자는 어제를 기억하는 자이다.

그는 어제의 파수꾼이다. 그의 어제는 창고 속에서 잊혀진 과거가 아니다. 그는 어제를 오늘에 간직한다.

그는 우리가 잊은 어제를 오늘 살아 있는 것으로 만든다. 그는 어제와 오늘을 하나로 만드는 몽상가이다.

오늘 살아 있는 어제는 내일을 여는 열쇠이다. 그는 내일을 탄생시키는 창조자이다. 모든 오늘은 내일이었다는 것을 어제만이 기억하기 때문이다.

그러나 우리-어제를 잊은 자들은 오늘을 살기 위해 위대한 명법을 잊어야만 했다 : "멈추어라! 그러면 너는 영원하리라." ↺

3

나는 반복 없는 삶을 살고 싶다

"니체의 영원회귀 ……. 우리가 이미 겪었던 일이 어느 날 그대로 반복될 것이고 이 반복 또한 무한히 반복된다고 생각하면, 이 우스꽝스러운 신화가 뜻하는 것이 무엇일까?"

— 밀란 쿤데라

잊으려야 잊을 수 없는

: 어린 시절의 데쟈뷰는 생생한 반복이었다

나에게 누군가가 지난 10년 또는 지난 20년을 다시 한 번 살고 싶은가를 묻는다면, 나는 결단코, "아·니·요!"다.

솔직히 나는 이런 질문이 불편하다. 심지어는 이런 질문을 한 사람의 낙천주의적인 저의가 마음에 들지 않는다. 이 질문 하나에 그와 나는 가까워질 기회를 갖지 못할 것이다.

실수로 사소한 일을 반복할 때, 또는 한 말을 반복할 때, 읽은 줄을 재차 읽은 때의 짧은 단면에서도 나는 '이렇듯 인생이 반복

되고 있다면…….’ 하는 생각이 들면서 현기증을 느낄 정도로 ‘반복’을 싫어한다. 누군가 확실하게 하기 위해서 재차 반복한다면, 나는 그 사람을 한 번에 무엇을 완결지을 수 없는 사람으로 평가하거나, 또는 뒤끝 있는 사람으로 취급한다. 심지어 그가 나를 위해 반복했다면 나를 여러 번 말해야 알아듣는 멍청이로 취급하고 있다는 것에 은근히 화가 난다.

나에게 반복은 「매트릭스」의 트리니티의 말처럼 매트릭스에서 오류가 발생한 것과도 같은 것이다.

통상의 데쟈뷰(기시감)는 마치 오늘 저녁의 드라마가 10년 전이나, 20년 후의 드라마와 과히 다르지 않은 것과 같다. 배경과 시대적인 구성이 조금 다를 뿐, 비슷한 등장인물이 같은 주제의 천편일률적인 갈등을 둘러싸고 대동소이한 줄거리를 만드는 것이다. 통상의 데쟈뷰는 반복의 느낌으로 파악되는 유형적인 동일성이다. 그것은 전형적이며, ‘사라지지 않는 편재’이다. 어디선가 경험한 것 같은 기시감, 또는 꿈에서 해본 것 같은 느낌은 현재를 현재로 파악하는 것이 아니라 과거라는 필터를 끼고 현재를 검색하고 유형별로 분류하는 것이다.

하지만 어린 시절 내가 경험했던 데쟈뷰는 「매트릭스」에서 네오가 방금 전에 보았던 장면을 곧바로 다시 보는 것과도 같은 생생하고, 의심의 여지가 없는 반복이었다.

햇빛이 좋은 봄날의 오후, 마당 전체를 가로질러 빨랫줄이 걸리고, 하얀 이불 홑청이 봄바람에 펄럭이고 있었다. 나는 마당 구석의 라일락 나무 아래 누워 하얀 돛대처럼 부풀어 오른 홑청 사이로 푸른 구름을 보고 있었다. 나는 대청에 앉아 담배를 태우고 있는 할머니를 바라보았다. 할머니에게 "라일락 꽃향기가 좋다."라고 말을 건넸다. "화무십일홍이라."는 화답이 왔다.

그런데 시간이 멈추는 듯한 느낌이 잠시 들었다. 아무런 흔들림도 없는 엄청난 대지진과도 같은 공백이었다. 아주 긴 시간이 지난 것도 같았고, 아주 짧은 순간인 것도 같았다.

햇빛이 좋은 봄날의 오후, 마당 전체를 가로질러 빨랫줄이 걸리고, 하얀 이불 홑청이 봄바람에 펄럭이고 있었다. 나는 마당 구석의 라일락 나무 아래 누워 하얀 돛대처럼 부풀어 오른 홑청 사이로 푸른 구름을 보고 있었다. 나는 대청에 앉아 담배를 태우고 있는 할머니를 바라보았다. 할머니에게 "라일락 꽃향기가 좋다."라고 말을 건넸다. "화무십일홍이라."는 화답이 왔다.

반복이었다.

그것은 언젠가 이런 것을 겪은 적이 있었던 것 같다는 희미하고 막연한 기시감이 아니었다. 바로 앞의 상황이 연이어서 반복되고 있다는 확실한 것이었다.

할머니는 '화무십일홍(花無十日紅 : 꽃이 피는 날들이 열흘을 넘지 못한다.)'의 뜻을 설명하고 있었지만 나는 들을 수가 없었다. 심장이 발바닥까지 떨어진 것 같았다.

그것은 '앞의 장면이 다시 반복되었다'는 단순한 것이 아니었다.

'무언가 알려져서는 안 되는 것'이 나에게 드러난 느낌이 들었다. 그것은 마치 시간의 경계가 무너지는 순간에 내가 세상 밖으로 나갔다가 다시 돌아온 것 같았다. 아니면 그 사이에 억만 겁 시간이 흐르고 다시 제자리에 온 듯한 느낌이었다. 그리고 나는 내가 줄곧 그래왔다는 것을 비로소 알아낸 느낌이 들었다.

그리고 나는 예전에 살았던 동일한 순간을, 예전에 했던 동일한 일을, 예전에 살았던 동일한 삶을 반복하고 있다는 것이 진실한 느낌으로 다가왔다.

나는 이 인생에 재투입된 것이었다. 그때만큼은 부정할 수 없는 결론이었다.

인생은 반복일까? 그렇다면 이유는?

인생이 반복될 수 있을까? 만약 생을 반복한다면 무슨 이유로, 무슨 목적으로 생을 반복하는 것일까? 누가 반복을 원했을까? 또는 무엇이 반복을 원했을까?

생을, 적어도 생의 일부분을 반복할 수 있다면 우리는 인생에서 사는 법을 충분히 배울 수 있을 만큼 반복할 것 같다.

의식에서의 기억들을 총동원해서 과거의 것들에 대해 한도와 한계를 정하고, 망각할 것들은 망각해서 남은 것들을 가지고서 유형을 가르고, 전형을 만들 것이다. 이렇게 축적된 과거는 새로운 방향을 모색하게 하는 훌륭한 자산이 될 것이다.

나는 로마의 무너진 유적 앞에서 반복을 본다. 망각된 과거를 받아 여기저기 상실을 메우고, 부서진 형식을 복제하고, 가까스로 스스로의 전형을 세우고 있음을 본다. 반복은 인간에게 무너져 가는 것을 수리하게 하고 보수하게 해서 인간의 삶을 회고적으로 만든다. 그래서 인간은 삶을 살 수 있는 방법을 세울 수 있고, 배울 수 있고, 전승할 수 있다.

삶은 반복이다.

그런 삶은 작용이 매우 느리기는 하지만 교훈을 준다. 삶이 주는 교훈을 얻기 위해서는 수많은 반복이 필요하다. 삶의 교훈을 얻기 위한 반복의 시간들은 언제 종결될 수 있을까?

'얼마만큼 반복을 해야 삶을 종결지을 수 있을까?' 의 문제는 '피아노 한 곡을 몇 번 반복해서 연습해야 마스터할 수 있을까' 와 같은 기술적인 문제이다.

나는 단 한 번의 생을 살고 싶다

나는 반복 없는 삶을 살고 싶다.

단 한 번의 생을 진정으로 살아 보고 싶다.

그것이 사람들의 눈에 성공으로 보이든 실패로 보이든, 또는 나 자신에게 만족으로 느껴지든 불만족으로 느껴지든, 그것은 아무 상관없다.

반복 없는 삶은 누구나 살 수 있는 유형적인 삶이 아니다. 오직 나만이 살 수 있는 유일무이한 삶이다. 유일무이한 삶은 이 세상에 단 한 번 있는 체험이다. 이 지상에 단 한 번 존재했던 고통이다. 다시는 반복할 수 없는 하나의 기쁨이다.

이 세상에 많은 다른 길이 있었지만, '가지 않은 길' 은 '가지 않아야 할 길' 이었을 뿐이다. 다르게 살 수 있었다면, 다르게 살았을 것이다. 반복이 없는 생은, 모든 다른 길의 타당성을 부정한다. 다른 길은 애초부터 가능하지 않았다. 그 길은 나의 길이 아니다.

거기에는 '가지 않은 길'에 대한 회한은 없다. 할 수 있는 것은 한 것이고, 할 수 없는 것은 안 한 것이다. 할 수 있었다면 했을 것이다.

다른 길은 없다.

하나의 행위를 행하기 위해서 모든 다른 행위의 가능성이 폐기된다.

진정한 삶은 교훈 없는 삶이다. 어느 누구에게도 전거로, 또는 모범으로, 또는 반면의 사례로도 들 수 없는 단 한 번의 삶이다.

인생의 분절에서, '나는 인생에서 무엇을 꿈꾸었던가, 한 번이라도 삶의 변화를 시도했다면 나의 삶은 달라졌을 텐데……' 라고 아쉬워하는 교훈은 없다. '나는 왜 아무개와 같은 삶의 방식을 받아들이지 않았을까? 그랬다면 나도 그처럼 살 수 있었을 텐데……' 라고 여한이 남는 교훈은 없다.

반복이 없는 삶은 단 하나뿐인 특수한 삶이다.

나의 삶은 다른 사람에게 교훈을 줄 수 없다. 내 삶이 하잘 것 없어서가 아니다.

다른 사람의 삶을 사는 방식을 따라하거나 배울 수 없다. 내가 교만해서가 아니다.

반복이 없는 삶은 전통으로 남을 수 있는 유형이 아니다.

삶의 정수는 남겨 줄 수 있는 것이 아니다. 대대손손 전승될 수 있는 것이 아니다.

반복이 없는 삶은 가르칠 수도 배울 수도 없다.

산다면 나처럼 살아야 하고, 사랑한다면 나처럼 사랑해야 한다.

나는 묻는다. 삶의 모든 것을 다 배우고 난 후에도 나는 동일한 삶을 반복해서 살 것인가? 아니, 아니, 아니! 나는 거듭 갱신되는 다른 인생은 없기로 작정했다.

나는 나에게 유일한 삶을 살고 싶다. 그리고 나는 그렇게 살 것이다.

그때까지 나는 반복하는 삶을 살 것이지만, 언젠가는 단 한 번의 인생을 살 것이다.

이제 나의 기시감은 단 한 번의 인생을 위한 등대 역할을 할 것이다. ↻

4

붉은 날 : 개와 늑대 사이

"사람들은 그들이 의지하고 신뢰하는 반사경을 가지고 살아간
다. 그러나 시작부터 어디엔가 혼자서 끌어내는 반사경이 있어
야 한다. 그렇지 않으면 신뢰의 투입이 없다."

– D.W. 위니코트

해질 무렵은 '개와 늑대의 시간' 이다

해와 달이 만나는 시간,
붉은 나무는 꽃을 닫아 열매를 맺고
붉은 강은 멀리 검게 반짝이는 검은 섬에 닿고
붉은 산속 점점이 박힌 짐승들이 누울 때,
아이는 새로운 꿈을 찾아 깨어난다.

푸른 하늘은 사라지고, 아이의 머리 위에는 붉은 하늘이 떠 있
다. 붉은빛이 세상을 휩싸고 있었다.

아이가 잠에서 깰 즈음 갑자기 퍼진 붉은빛은 잠든 사이 천천히 내려 쌓인 눈과 달랐다. 눈은 축적을 남긴다. 붉은빛은 아무런 예고도 없이 퍼진다. 붉은빛은 아이가 깊이 잠든 틈을 타서 몰래 와 있다. 두께도 없이 무게도 없이 붉은빛은 아이 앞에서 세상을 덮고 있다.

아침의 것으로는 믿어지지 않는 이상한 붉은빛이었다. 밤에 속한 저녁의 것도 아니었다. 그것은 한낮의 불도 아니었다.

날이 저물 때의 태양은 스스로의 빛을 거두어들이고 있는 것 같다. 마지막 남은 붉은빛은 땅의 모습을 새롭게 만들고 있다. 모든 빛이 넘어가기 전 시간의 경계를 허물고 있는 듯했다.

'개와 늑대의 시간'은 프랑스어에서 해질 무렵을 뜻하는 관용구이다. 아이는 나중에 크고 나서, 그 느낌을 전하는 말에 공감했다. 인간에게 가장 친근한 동물인 개에서 가장 위험한 동물인 늑대가 드러나는 시간이다. 인간이 늑대에게 쏟은, 늑대가 인간에게 부은 모든 축적을 되돌리는 시간에서 개는 과연 있었는지의 의심이 생긴다.

해질 무렵의 시간은 '동요의 시간', '불순함의 시간'이다.

어머니는 아이를 혼란에 빠뜨렸다

아이는 붉은빛 한가운데서 혼란스러웠다. 붉은빛으로 빛나는 의심의 시간은 아이에게서 시간에 대한 감각을 빼앗아 갔다. 큰 아이들처럼 시계를 읽을 수 없는 아이는 막연해졌다. 하루에 어디쯤 와 있는지를 아이는 도통 알 수가 없었다. 붉은 날은 아이에게 오던 길을 되짚어 돌아갈 수 없게 한다. 붉은빛은 아이에게 어쩌면 시간을 잊어버린 것은 아닌지, 그래서 '시간을 잃어버린 것은 아닌가.' 하는 자책감을 갖게 했다.

아이는 어머니에게 지금이 아침인지 저녁인지를 물었다. 자책감에 젖은 아이는, 어머니가 커다랗게 뜬 눈을 바라보며 위로를 바랐다. 그런데 어머니의 눈은, 입가에 띤 묘한 미소만큼이나 둥글게 돌아가고 있었다. 어머니는 지금이 아침임을 알려 주신다. 아이는 어머니의 눈을 믿을 수가 없었다. 하지만 어머니의 말을 믿기로 작정했다.

마당 한구석의 나무 위에는 불붙은 구름이 얹어 있었다. 아이의 마음에도 붉은 구름이 끼었다. 아이는 자신이 시간 밖에 내동댕이쳐진 것 같았다. 시간의 고아가 된 듯이 느꼈다.

아이는 얼마간 간격을 두고 다시 살폈다. 자신이 올바른 곳에 올바른 때에 올바른 사람들과 함께 있는지 자못 의심스러웠다. 다시 물었다, 정말 지금이 아침인가를. 어머니는 다시 힘을 주어서 아침이라고 말씀하셨다. 그리고 이제는 아이가 학교에 늦은 일까지 걱정하셨다.

하지만 천천히 들리는 팔과 느긋하게 내딛는 다리는 두텁게 내려앉은 붉은빛을 가르며 유영하는 물고기와도 같았다. 어머니는 끈적끈적한 빛 속에서 출렁이는 것 같았다. 어머니의 몸은 서서히 가라앉고 있는 배 같았다. 이 모든 상황과 어긋나는 것은 어머니의 눈동자의 재빠른 굴림과 경련과도 같은 입술의 실룩거림이다. 아이는 어머니가 자기를 속이는 것은 아닌가를 의심해 본다. 하지만 아이는 여태까지 어머니를 의심한 적이 한 번도 없었다. 아이는 어머니를 의심하는 것에는 익숙하지 않다. 그러나 아이가 어머니를 믿기에는, 붉은빛에 익숙하지 않다.

아이는 자기가 잠든 사이에 무엇인가 크게 잘못되어 있다는 것을 깨닫는다. 붉은빛 속에서 외톨이가 된 아이는 무엇이 잘못되었는가를 곰곰이 따져보았다. 잠자기 전의 일들과 상황들, 그리고 이 이상한 붉은빛과는 다른 아침에 보았던 붉은빛, 밤잠과 낮잠을 자고 일어났을 때의 몸의 차이 등등…… 기억할 수 있는 것들을 모두 기억해 내려고 애썼다. 하지만 아이가 겪고 있는 곤란의 결정적인 핵심은 기억할 수 없는 것이 아주 큰 공백으로 그의 머리

를 사로잡고 있다는 것이었다. 잠들어 있는 사이 도대체 무슨 일
이 일어난 것인가.

아이는 어머니를 부인한다

빠르게 흐른 시간도, 깊은 잠도, 감각적인 미숙도 그 아이를 혼
란에 빠뜨린 주요 원인은 아니었다. 아이의 착란의 핵심에는 어머
니가 있었다. 어머니는 아이의 일시적인 혼란을 이용하여 아이를
놀림감으로 삼고 있었다. 어머니는 아이의 감각적인 혼란을 정서
적인 혼란까지 이르도록 하고 있었다.

마침내 아이는 자신이 '개와 늑대의 시간'에 와 있음을 어렴풋
이 감지했다. 아이는 자신을 의심하고 부정하는 괴로움으로부터
벗어나기 위해서 어머니를 의심해야 한다는 것을 깨달았다. 스스
로를 믿기 위해 어머니를 부정해야만 했다. 아이 심장에 불이 지
나간다.

심각한 결단을 앞두고 아이의 눈은 다시 한 번 어머니를 바라보
았다. 어머니를 그지없이 바라볼 수 없는 것이 괴로웠다. 아이는
자신이 처한 재난과 고통을 스스로에게 서술할 능력도, 분석할 논

리력도 갖지 못했지만, '근원적인 번민'을 할 수는 있었다.

아이가 순진무구한 마지막 시선을 거두려는 찰나, 어머니는 불그스레한 혀가 다 보이도록 크게 웃었다. 아이는 어머니가 장난을 친 것을 그제야 깨닫는다.

아이는 붉은빛과 어머니가, 자기를 멋지게 속인 한바탕의 장난에 놀아난 것이다. 하지만 아이는 어머니와 같이 웃을 수가 없었다. 자신을 낭떠러지에서 간신히 끌어올린 것 같았다. 그날 아이는 어머니를 전적으로 믿을 수 없을지도 모른다는 것을 알았다.

그것은 아이의 문제가 아니라, 어머니의 책임이었다. 아이는 자기를 위해 어머니를 부정해야 하는 날이 올 것임을 깨달았다. ↩

산 위로 나무들 사이로 강 아래로 해가 졌다.

아이의 붉은 심장에도 푸른 달빛이 찾아들기 시작했다.

하지만 붉은빛은 가슴 한구석에 불씨 되어 박혔다.

IV 꿈의 봉인을 뜯다

1

실업자 : 바느질하는 여신

"날개가 있기 때문에 나는 것이 아니라, 날기 때문에 자신에게
날개가 있다고 믿는다."

— 바슐라르

여자는 자신의 카이로스를 찾아 나섰다

그 여자는 실업자다.

하지만 그 여자는 매일 일을 한다. 그것도 아주 열심히 한다. 더구나 매일의 일은 그 여자를 운명처럼 잡고 있어서, 마치 거부할 수 없는 업이 되었다. 그럼에도 불구하고 사람들은 그 여자의 일이 돈을 벌어들이지 않는다는 단 하나의 이유로 그 여자를 업을 잃은 사람이라고 한다.

그 여자는 출근하지 못하는 첫날, 제일 먼저 손목을 묶어 왔던 시계를 풀었다. 아니 채울 필요가 없었다. 풀려진 시계는 족쇄처럼 보였다. 손목의 하얀 줄은 그동안 시간의 노예로 살아왔다는 것을 보여주는 것 같았다. "옛날 진정한 왕들은 시계를 갖지 않았다. 그로부터 사람들은 그가 시간의 흐름을 지배한다는 것을 알았다."는 시구가 생각났다. 그 여자는 시간에 쫓기는 일의 굴레에서 벗어나기를 원한다는 것을 깨달았다. 왜 자신이 모든 사람과 같은 시간에 일어나고 출근을 하고, 일을 하고, 긴 줄을 기다려 점심을 먹고, 또 다시 일을 하고, 같은 시간에 잠을 자야 하는지가 비로소 문제로 느껴지기 시작했다.

이제까지 그 여자는 모든 사람에게 똑같이 흐르는 시간 속에 살았다. 이 세상 어떤 꽃도, 나무도, 돌도 똑같은 시간 속에 살지 않는다. 유독 인간들만이 '크로노스'의 시간 안에서, 과거에서 현재, 미래를 흐르는 돌이킬 수 없는 시간을 살기로 작정한 것 같다.

자연의 모든 것들은 적절한 때에 피고 지고, 일하고 쉬고, 움직이고 정지한다. 인간을 제외한 모든 살아 있는 것들은 '카이로스'라는 적절한 시간을 갖는다. 카이로스는 흐르는 시간이 아니다. 카이로스는 돌이킬 수 없는 일회적인 시간이 아니다. 카이로스의 시간은 올 봄도, 지난 봄도 아닌 일회적인 시간이다. 매년 반복되는 봄이라는 순환의 시간이다. 아직 오지 않은 봄도 이미 시간 속에 들어와 있는 끝이 없는 회귀의 시간이다.

카이로스로서의 시간은 흘러가 버린 것들, 사라져 버린 것들,

아직 오지 않은 것들이 적절한 시간으로 융합하는 시간이다.

이 세상에서 유독 인간만이 적절함의 시간-카이로스를 살지 않고 있다. 그 여자는 카이로스를 찾기로 했다. 그 여자는 자신에게 유일하게 적절한 시간을 살기로 작정했다. 이 적절한 시간을 살 때에만 그 여자는 자신의 업을 하거나 안 할 수도 있고, 그래서 자신이 누구인지도 그때서야 비로소 알 수 있다. 꽃이 비로소 피었을 때 빛깔과 향기를 알 수 있듯이. 그래서 그 꽃이 무슨 꽃인지 알 수 있듯이 말이다.

적절한 시간을 산다는 것의 문제

자신의 시간을 스스로 만든다는 것은 궁극에서는 자신을 지배하는 일이다.

그 여자는 당시 직관적으로 그것을 알았지만, '자기 자신'이라는 외로운 길로 들어가고 싶지 않았다.

그 여자는 눈만 뜨면 밖으로 나갔다. 도서관으로, 학원으로, 거리로, 교회로. 자신이 진정으로 원하는 것과 자신의 삶을 쏟아 부을 수 있는 그 무엇이 이 세상 어디에 있는 것 같았다. 그 여자는 많은 곳과 많은 사람들을 쑤시고 다녔다. 그러다가 그 여자는 막다른 골목에 이르렀다.

이제까지 너무 많이 찾아다니고 움직여서 어쩌면 적절한 시간과 장소에서 너무 멀리 떨어져 있는 것 같았다. 길에서 누군가를 잃어버렸을 때처럼 그를 찾아 돌아다니면 다닐수록 더 멀리 떨어지게 되는 것과 흡사했다. 마지막으로 같이 있었던 그 장소에 서 있으면 된다. 그럼 그가 한 번은 거기에 올 것이기 때문이다.

더 이상 밖으로만 나갈 수는 없었다. 그 여자는 안으로 들어와야 했다. 그 여자는 자신으로 돌아와야 했다.

자신의 내면에 오자, 드디어 시간이 쌓이기 시작했다.

크로노스의 시간은 저절로 흐른다. 그 시간은 어느 누구도 관여할 수 없다.

스스로 불러 모아야 하는 카이로스의 시간은 저절로 가지 않는다. 카이로스의 시간은 안개처럼 투명하게 서서히 와서 앞을 볼 수 없게 두꺼워졌다. 두껍게 싸인 시간 안에서 그 여자는 도저히 출구를 찾을 수 없었다. 그 여자는 쌓여 가는 시간 속에서 자유로웠지만 무능했다. 그 여자의 자의식은 왜소해졌다. 카이로스의 시간은 뱀처럼 그 여자를 더욱 더 조일 뿐이었다. 그 여자의 삶을 감아 들이고 있었다.

카이로스 속에서 날마다 허우적거리면서도 그 여자는 그것이 의미하는 것을 이해하지 못했다. 카이로스가 끌어당길 때는 저항하면 안 된다. 해초에 감긴 발은, 장구치면 칠수록 빠져나갈 수가 없게 되는 이치다.

지금까지 익숙했던 의지를 따르면 심연과도 같은 시간에 빠져 죽을지도 모른다. 자신의 의지에 반대하는 반-의지를 따를 때에만 시간에서 살아 돌아올 수 있다.

시간에서 귀환한 자만이 자신의 운명을 살 수 있다. 크노로스에게 삼켜졌던 제우스처럼.

그 여자는 반-의지에 따라서 살기로 했다.

그 여자는 시간의 늪에서 살기 위해 몸부림칠 것이 아니라, 가만히 있기로 했다. 저항할 것이 아니라 수동적으로 따르기로 했다. 광활한 시간 안에서 움직임이 없는, 아무런 넓이도 없는, 어떤 무게도 없는 점이 되면 살 수 있을 것 같았다.

그 순간 그 여자의 눈에는 자신의 손목이 들어왔다. 손목의 흰 줄이 완전하게 사라져 찾아볼 수 없게 되어 있었다.

바느질하는 여신

그날부터 그 여자는 하나의 점처럼 방 한 가운데 앉아 바느질을 하기 시작했다. 자신이 바느질을 시작한 이유를 처음엔 몰랐다. 그 때는 일어나야 하는 것들을 인내해야 하는 시간이었지, 의미를 알게 되는 시간은 아니었다. 그 여자는 인내를 위해 물음을 삼켰다.

그 여자는 조그만 은빛 바늘이 마음에 들었고, 커다란 움직임 없이 고요히 숨쉴 수 있는 것이 마음에 들었다. 침묵의 시간 속에서의 차분한 손의 움직임이 마음에 들었다.

그 여자는 매일매일 무엇인가를 실과 바늘로 표현했다.

그 여자는 자신의 카이로스를, 자신의 운명을 스스로 잣고 싶었던 것 같다. 예전에 어느 책에서 세 명의 운명의 여신에 대해 읽었던 적이 있었는데 아마도 그 일이 그녀의 마음속 깊은 곳에 있었나 보다.

세 명의 여신 중 클로드는 생명의 실을 잣고, 라케시스는 그 실을 가르고, 아트로포스는 가위로 실을 자른다. 클로드는 그 사람의 운명에 맞는 실을 택한다. 누구에게는 부드러운 아마의 실을 택하고, 누구에게는 거칠지만 질긴 삼을 주고, 어느 특별한 운명에는 스스로 빛을 내는 견을 배정하기도 한다. 그들 중 라케시스는 분별을 안다. 그 여신은 질서를 유지한다. 시간을 헤아리고, 세월을 돌리듯이 각자의 물레를 돌린다. 아트로포스의 비위를 거스른 일을 해서는 안 된다. 죽음만이 해결인 고통과, 비열만이 있는 곳에서도 끊어질 듯 말듯이 삼보다도 더 질긴 인생을 감내케 하는 일, 희망과 아름다움이 만개한 때에 낙화처럼 인생의 끝을 내는 일도 모두 이 세 번째 여신의 몫이다.

그 여자의 손가락은 운명의 여신들의 것처럼 사건들을 배치하고, 사물들을 나열하여, 기운들을 살피고 있다. 그 여자의 손은 형식을 부여받은 질료가 되었다. 손과 함께 도달되고 열리는 곳은 네덜란드의 대사관 같은 곳이었다.

그 여자는 땅보다 낮은 곳의 언어를 스스로 만들고 있다. 땅 위의 언어가 선처럼 흐르고 흩어지고 일회적인 것이라면, 땅보다 낮은 곳의 언어는 흐르는 시간이 모여들게 하고, 사라진 꿈이 부활하게 하고, 아직 오지 않은 예언이 맺히게 한다.

가늘고 섬세한 바늘은 이제 그 여자의 손끝에서 차츰 명기가 되어갔다. 모든 명기는 스스로 운명을 얻는 법이다. 명기를 소유한 명공은 운명을 지배하는 법을 안다.

그 여자는 광막하고 공허한 천 위에서 자신의 운명을 생각한다. 상념은 손끝에 고요로 집중되어 운명의 여신 파르체들처럼 자신의 운명에 형상을 부여하기 시작한다.

그 여자는 매일매일 바느질한다.

지금 그 여자는 바늘귀에 너무나도 가늘어 투명하게 오색으로 빛나 보이는 실을 꽂는다. 첫 항해에 나가는 배에 나부끼는 오색 깃발처럼 바늘귀에서 실은 푸르르 떤다. 하얗고도 푸른빛이 도는 바늘로 한 땀 한 땀 천을 뜰 때마다, 여자의 피부에 가벼운 경련이 인다. 야릇한 흥분은 손가락 끝에 날렵함으로 집중된다. 차가운 금속성의 바늘이 천만큼 휘어져 들어갈 때의 유연성은 그 여자의 피부로 그대로 옮겨진다. 그 여자의 손이 찬란한 빛의 다발 속에서 자유롭게 유영하듯이 은빛 고기처럼 솟아오른다.

그 여자는 자신의 무궁한 근원에 대한 약속으로 오색의 수를 놓는다. 하늘의 무지개가 한 민족에게 약속의 기호였듯이 세상의 빛을 굴절시켜 운명의 다리를 세운다. 무지개 건너편에는 비상하는 듯한 뒤틀림들이 북두칠성과 동서남북의 별자리 28수를 새긴다. 하늘의 별들이 운명의 길을 이야기하듯이 세상의 색을 풀어내어 운명의 황도를 새긴다.

그 여자는 바느질을 하는 동안 자신의 운명 속으로 들어가고 있었다. 그곳에서 그 여자는 일찍이 자신의 것이었던 것을 만나고 있었다. 그것은 봉인된 꿈이었다. 그동안 그 여자는 꿈을 얻지 못하는 곳에서 무너진 현실을 살고 있었던 것을 비로소 깨달았다.

그 여자는 어두운 꿈속에서 자기의 꿈을 훔쳐야 했다. 사라져 버린 자신의 꿈을 운명의 신보다도 먼저 만나야 했다. 신보다 더 적절한 시간에 움직여서 금지된 운명을 파기하는 자가 자신이라는 것을 믿기 시작했다.

그 여자는 신들의 꿈으로 역습을 감행했다. 그 여자는 이미 자신의 시간을 창조했기에 그럴 수 있었다. 그렇게 그 여자는 카이로스를 창조한 신이 되었다. ↺

2

인생은 언제나 첫 장면 : 불혹의 유혹

인생의 첫 장면은?

: 일몰이 시작되는 정오와도 같은 것

내 삶을 영화로 만든다면 첫 장면의 내용은 무엇일까?

인생의 첫 장면은 첫 기억, 첫사랑, 첫 입학의 처음과는 다르다. 단순히 시간의 순서에서 따지는 처음이 아니다. 때문에 우리 대부분은 산부인과 병원 분만대에서 태어났으면서도, 우리 자신의 영화는 출산을 첫 장면으로 시작하지 않을 것이다. 어떤 기점을 내 인생의 첫 장면으로 삼는 순간, 내 삶의 다른 것들로부터 시작되지 않으면서 처음 뒤의 모든 다른 것들의 원인이 되는 처음이 되는 것이다. "영화가 주는 놀람과 재미는 첫 장면에서 결정된다."
는 말을 알프레드 히치콕이 말하지 않았다면, 내가 또는 어느 누
군가가 이런 의미에서 똑같이 말했을 것이다.

인생의 첫 장면은 시간적인 의미에서는 언제가 처음인지를 알
수 없는 처음이다. 영화의 시작에서 벌써 전개와 끝을 암시하는
복선을 가진 처음이다. 그래서 영화에서도 시작이 반인 것 같다,
존경하는 히치콕 감독은 삼분의 일이라고 정확히 말했지만. 심지
어 어느 영화에서는 끝이 첫 장면으로 먼저 나오고 회고하며 시간
이 뒤로 흐르기도 한다. 인생의 첫 장면은 경우에 따라서는 끝일
수도 있다.

인생의 첫 장면은 시작과 끝이 맞물려 있는 항상 처음과 끝 사
이의 것이다. 그것은 항상 중간이다. 그것은 산술 평균적인 의미
에서의 중간은 아니다. 그것은 자기의 꼬리를 입으로 물고 있는
우주적 뱀, 우로보로스의 시작과 끝이다. 인생의 첫 장면은 시작
과 끝이 만나는 순환의 어느 지점이다. 그래서 인생의 첫 장면은
항상 중간이다.

인생의 첫 장면은 일몰의 시작이 일어나는 정오의 한가운데 정
점과도 같은 중간이다.

내 인생의 중간 장면은?
: 유혹의 한가운데에 서다

삶의 중간을 산다는 의미는 무엇일까? 삶의 정점의 한가운데를 산다는 것은 무엇일까?

나는 중년이다. 나는 젊지도 늙지도 않은 중간에 와 있다. 아마도 내 남은 인생의 길이는 내가 산 인생의 길이와 엇비슷할 것이다. 나는 내 인생의 '삶'의 절정을 끝내고 '죽음'의 시작을 시작하고 있는 지점에 와 있을 것이다.

내가 내 인생의 첫 장면을 택한다면 이 중년의 어느 시점에서 시작하고 싶다. 하지만 내 영화의 첫 장면은 『달과 6펜스』의 센세이션과는 거리가 멀다. 은행원의 무미건조한 일상을 던져버리고 타히티로 떠나가 새로운 삶과 사랑을 시작한 스트릭랜드의 중년은 아니다. 내 영화의 첫 장면은 일상의 논리에 함몰당하고 버려지는 명퇴한 아버지의 중년도 아니다. 내 영화의 첫 장면은 자기의 삶에 만족하고 자신의 삶을 다시 증진시키기 위해 다시 한 번 도전하는 '하면 된다' 식 중년도 아니다.

내 인생의 첫 장면은 이 세상에서 가졌던 가장 값진 것을 단념한 아픔을 더 이상 아파하지 않는 지점에 이르는 중년이면 좋겠다. 불혹(不惑)의 나이-유혹 당하지 않는 나이. 살면서 제일 큰 유혹이 무엇일까? 이 세상을 다 얻어도 '나'라는 것에 견줄 수 없으니, 가장 사랑스러운 존재 '나'만큼 유혹적인 것이 있을까?

나는 '나'의 눈을 가지고 세계를 본다. 나는 '나'의 귀를 가지고 세계를 듣는다. 나는 '나'의 코를 가지고 세계를 냄새 맡는다. 나는 '나'의 혀를 가지고 세계를 핥는다. 나는 '나'의 손을 가지고 세계를 쓰다듬는다. 그래서 '내' 아이는 뛰어나야 하고, '내' 남편은 유능해야 하고, '내' 집은 예뻐야 하고, '내' 가족은 나를 이해해야 하고, '내' 직장은 안전해야 하고, '내' 욕구는 정당하고, '내' 생각은 옳고, '내' 말은 설득력이 있고……. '내' 세계는 완전히 '내' 것이어야 한다. 도대체 이런 세계가 있을 수 있는지의 의심도 없이.

각자의 '나' 속에서 이 세계는 유토피아(Utopia)로서 존재한다. 이 세상에는 없는 세계, 다른 세상에 있는 세계이다. 이 유토피아 때문에 내가 존재하는 토피아가-이곳이-비이상적인 세계가 되어버렸다. 실질적으로 말한다면 불행한 세계가 되어버렸다. 존재하지도 않는 세계 때문에 존재하고 있는 세계가 문젯거리로, 부정적인 것으로, 부족한 것으로 되어버렸다.

내 인생의 첫 장면에는 '나'가 없다

내 인생의 첫 장면은 내가 '나'가 아니기를 시작하는 시퀀스이다. '나'라는 유혹에서 벗어나는 장면이다.

내 영화에서 나는 자신에 대한 전제주의를 끝내기를 원한다. 자신의 미래에 대한 전체주의적 희망을 끝내기를 원한다. 독재자 '내'가 빠진 영화다. 나는 내 영화에서 주인공이 아닐 수도 있다. 나는 단역일 수도 있다. 심지어 나는 등장하지 않을 수도 있다.

이 영화에서 나는 '나'라는 유혹에 홀려 살고 있다는 것을 인정하기 시작한다. 그리고 중년의 나는 '나'가 사라진 다른 세계의 문을 조심스럽게 연다.

아마도 그 세계는 유혹을 넘어선 자의 삶일 것이다. 나는 유혹을 넘어서기 위해 어쩌면 유혹의 한가운데서 살았음을 영화의 삼분의 이쯤 되는 곳에서 깨달을 것이다.

유혹에 빠져본 자만이 유혹을 사랑할 수 있다.

유혹을 사랑한 자만이 유혹을 알 수 있다.

유혹을 사랑한 자만이 유혹을 경멸할 수 있다.

그런 자만이 유혹을 넘어 설 수 있다.

“자기가 사랑하는 것을 경멸해 보지 않은 자가, 사랑에 관해서 아무것도 알지 못하듯이.”

영화의 후반부, 나에게는 ‘사는 것’ 자체가 역작이 될 것이다.

사람들이 특별한 ‘나’로서의 삶을 꿈꿀 때, 나는 평범하디 평범한 ‘나’로서 살기로 한다. 사람들이 모든 중심에 ‘나’를 놓을 때, 나는 가장 후미진 곳에 ‘나’를 내려놓기로 한다. 하지만 영화 속에서 나는 평화롭지는 않을 것이다. 나의 어쩔 수 없는 비범에의 욕망 때문에 괴로워할 것이다. 평범함을 간직할 때마다 나는 순일한 눈물을 흘릴 것이다.

‘평범하게 사는 것’은 나의 능력을 넘어서는, 험난하지만 가장 아름다운 길임을 알아야 한다. 이 때문에 나의 욕망은 감사하는 마음으로 대치될 것이다.

내 영화는 특별한 것이 하나도 없는 영화가 될 것이다. 아주 평범한 영화가 될 것이다. 하지만 아름다운 영화가 될 것이다. “최소한의 사람들만이 인생의 예술가이며, 더욱이 삶의 예술은 모든 예술 작품 중에서 가장 고귀하고 희귀하다.”

평범한 날은 아무도 찾아오지 않고 누구도 그립지 않은 날이다. 그래서 나는 ‘내’가 잊혀졌다고 생각했다. 하지만 사람 때문에 괴롭지도, 외롭지도 않았던 평범한 날이었다. 평범한 날을 사랑하는 것은 비우고 있으면서도 충만한 날을 살 수 있는 절제이다.

평범한 인생은 아무도 기억하지 않고 누구에게 알리고 싶지 않은 삶이다. 그래서 나는 '내' 인생이 실패했다고 생각했다. 하지만 봄에 뿌린 것이 가을에 나타나고 겨울에 사라지는 것과 같은 평범한 인생이다. 평범한 인생을 보존하는 것은 이 지상에서 흔적 없는 삶을 살 수 있는 용기이다.

평범한 인간은 각별하게 이해받을 수도 없고, 그 누군가도 특별하게 이해할 수 없는 인간이다. 그래서 나는 '나'라는 것에 무능하다고 생각했다. 하지만 항상 언제나, 늘 어디서나 순일한 사람은 자신의 불완전을 변명하지 않는 사람이다. 순일한 사람은 자신의 악함을, 자신의 무기력을, 자신의 나쁜 양심을 시인하는 평범한 인간이다. 평범한 인간을 간직하는 것은 인간의 깊은 곳의 선함을 살 수 있는 지혜이다.

평범한 삶은 순일한 삶이다.

언제 어디서나 한결같은 순일은 반복은 아니다.

순일은 한 순간이자 영원인 것이다.

순일은 하나이자 여럿인 것이다.

순일은 처음이자 동시에 끝이다.

다른 것들로부터 시작되지 않으면서 모든 것의 시작인 것이고, 동시에 아무것의 시작이 아니면서 모든 것의 끝이다. 순일한 삶은 항상 '지금' 이 순간을 살고 있는 평범한 인간이 모든 순간을 시작으로 삼을 수도 있고, 끝으로도 삼을 수도 있는 영원한 중간의 삶이다.

인생은 그래서 언제나 첫 장면이다. ↻

3

길들일 수 없는 고양이 영혼

"신의 창조물 중 끈의 노예로 만들 수 없는 것이 오직 한 가지가 있다. 그것은 고양이이다."

— 마크 트웨인

일요일 아침 식물들은 잠들어 있다

일요일 빠르지도 늦지도 않은 아침 시간, 마을버스 안은 한산하지도 붐비지도 않는다. 일요일에는 알맞은 수의 승객이 버스에 타고 버스에서 내린다. 버스 안 손님의 대부분은 아주머니들이고 할머니들이다. 그들 중 몇몇은 일 없는 날을 여유롭게 보내기 위해 나들이를 나선 사람도 있지만, 그들 중 대다수는 성당과 교회의 예배 시간에 또는 절의 예불 시간에 대어 가기 위해 마을버스를 탄다. 우리 동네 마을버스는 사이좋게 절 입구에 한 번 서고 성당 앞에 한 번 서고, 교회 건너편에 한 번 선다. 그렇게 마을버스가 정거장에 설 때마다 한 무리의 아주머니, 할머니 부대가 내린다. 간혹 아저씨, 할아버지도 내리지만 압도적으로 아주머니, 할머니들이 많다. 그들이 아저씨들이나 할아버지들보다 일주일 동안 회개하거나 참회할 것이 많은지 또는 기도하거나 염불할 것이 많은지는 모르겠지만 여하튼 그들은 지난주의 삶을 반성하고 다음 주의 삶을 맹세하러 각자의 목적지로 가고 있다.

그래서 마을버스의 분위기는 주중과는 참 많이 다르다.

주중의 사람들은 흔들리는 버스에서 그들의 앞이마를 아래로 떨어뜨리어 까닥일 뿐이다. 그들은 숨 쉬고 움직이는 것이 힘들어 시들어가는 식물과도 같다. 누군가 동물적인 본성에서 그가 박힌 틈을 비집고 움직이려 든다면 울창한 식물은 그에게 엉켜든다.

시퍼런 넝쿨과도 같은 버스 안의 이념은 동물적인 욕망을 억압한다. 그들의 욕망은 끈에 묶인 동물의 목처럼 옭아매어져 있다. 식물의 위협은 너무나도 커서 그들은 눈조차도 움직일 수 없다. 잠자는 식물처럼 그들의 눈은 저절로 감겨져 있다. 그들의 입은 절대적으로 필요한 숨결을 위해 거칠게 열려 있다. 고여 있는 숨은 서로에게 악취를 풍긴다. 그들의 손은 죽은 나무의 가지처럼 매달려 있다. 주먹 쥐어진 손에 그들의 분노가 열매처럼 열린다.

그들은 출근의 시작부터 타인을 배척하는 이념적인 폭력을 버스 안에서 시작한다. 그들은 서로의 몸을 엉망으로 뒤틀고 망가뜨리는 폭력을 버스 안에서 그렇게 실현한다.

그들은 이 무시무시한 일상을 얼마나 잘 완수했는가는 아주 나중에 깨닫는다. 더 이상 아이를 낳고 싶지 않을 때, 아무런 주저 없이 태어난 곳을 떠나고 싶을 때 또는 떠날 때, 달콤한 행복을 잊어야만 할 때.

그들은 한 번도 원한 적이 없었지만 스스로가 이 세상에서 재해를 일으키는 사람이라는 것을 깨닫는다.

그들은 재난의 한가운데로 보내지고 있다.

하지만 일요일의 승객들은 무너진 담이건 낡은 다리이건 오래된 난간이건 간에 무엇이든지 가리지 않고 감아 올라 시퍼렇게 덮어버리는 식물이 아니다. 마을버스는 이번 주 처음으로 동물의 욕망을 실어 나르고 있다.

버스 안 승객은 고양이다

일요일 버스 안의 승객은 고양이 같다.

버스를 운전하는 사람을 제외하고 그들은 오늘 아무 도움이 되지 않기로 작정한 고양이처럼 보인다.

그들은 장 콕도가 사랑한 고양이들처럼 도도하고 자랑스럽게 앉아 있다. 장 콕도는 개보다 고양이를 좋아했다. 그 이유는 그가 경찰 고양이를 본 적이 없기 때문이다. 고양이는 인간의 필요에 의해 길들일 수 없다. 그래서 양치기 고양이, 사냥 고양이, 시각장애인 안내 고양이, 서커스 고양이, 썰매 끄는 고양이는 없다.

고양이는 고양이의 명예를 걸고 그 무엇에도 도움이 되지 않기로 작정한 것처럼 보인다. 그런데도 고양이에게서 눈에 보이는 소용을 바란다면, 사향 고양이의 똥 안에서 발효된 커피 알갱이를 정제해서, 어마어마한 돈을 주고 루왁 커피로 마실 수 있다는 것이다.

고양이는 개와는 달리 자기의 주인보다 높은 자리에서 잠을 자는 동물이다.

버스 안의 승객은 식물이 아니다. 그들은 끈의 노예일 수 없는 고양이다.

머리를 틀어 올리고 고고히 창밖을 응시하는 페르시아 고양이 같은 아줌마, 버스 안 승객 이모조모를 관망하는 샴 고양이 같은 아줌마, 은은한 회색 머리의 현자와도 같은 고양이 할머니, 저마다 모양새, 차림새, 매무새가 달라도 일요일의 그들에게는 공통점이 있다. 그들은 고양이들처럼 자신의 욕망이 자랑스러운 짐승들이다.

　그들의 욕망은 곳곳에 녹아 있다. 그들은 자신의 매혹을 반짝이는 검은 머리에 부드럽게 떨어뜨리어 아침 햇살에 걸친다. 그들의 명예는 이마 위에서 무엇에도 머리 숙이지 않는 고양이의 도도함처럼 드높다. 그들의 호기심은 검은 눈동자 안에서 고양이의 눈동자처럼 재빠르다. 가지런히 모아진 구두코는 귀여운 짐승의 다리같이 어디로 튈지 모르는 충동을 모으고 있다.

　정거장에서 새로운 손님이 탈 때, 그들은 호기심 많은 고양이처럼 고개를 빼어 낯익은 얼굴을 재빨리 식별해 낸다. 이내 서로를 알아 본 이들은 지붕에서 지붕으로 뛰어 다니는 그 짐승처럼 동료의 옆에 사뿐히 앉는다. 그들의 하얀 이는 가늘고 예쁜 꼬리를 대신해서 서로를 얼마나 반기는가를 알릴 수 있을 정도로 마음껏 드러난다. 그 다음은 안 해도 좋고 해도 나쁘지 않은, 시작도 묘연하고 언제라도 끝을 내도 아쉽지 않은 이야기를 나눈다. 그들의 이야기들은 흔들리는 버스를 따라 갸릉갸릉 울린다. 다물어져 있는 입술들의 쫑긋한 귀는 이야기에 팔랑거린다.

　주중의 격심한 고통을 치유하기 위해 식물들이 아직도 잠들어 있는 시간, 고양이들은 도시의 곳곳을 차지하기 시작한다. 그리고 그들은 도시를 다르게 만든다.

　과거의 영화를 간직한 폐허는 밤이면 밤마다 고양이들 차지듯이, 그곳에서 고양이들은 실컷 게으름을 즐기고 서로에게 장난을 걸기도 하고 이도저도 싫으면 적적히 달빛을 즐기듯이, 그 시간 그곳에 인간은 갈 수 없듯이, 일요일 아침 도시는 고양이들의 것이다.

고양이들이 도시를 접수하다

마을버스의 고양이들은 일요일 아침의 도시를 접수한다.

그들은 회사가, 공장이 잠든 일요일, 조직이 외면하고 그래서 우리 스스로가 포기했던 우리의 사생활을 온 도시에 퍼뜨린다.

고양이와도 같은 그들은 서열에서, 학번에서, 연봉에서 쌓아진 조직의 관계가 아니다.

그들은 굳이 감출 것이 없는 사생활을 가졌음에도 불구하고 주중에 누가 누구의 어머니이고, 누가 누구의 아내인가, 누가 누구의 아버지인가, 누가 누구의 남편인가는 금기였고 터부였다.

죄 지은 일 없는데도 그들 삶의 반쪽은 주눅이 들어서 지난 주중을 보냈다.

그들은 더 이상 가정이라는 것을 가진 죄인이 아니다.

그들은 사랑을 온 도시로 실어 나른다.

40살 아주머니는 말로만 70세 할머니를 할머니라고 부를 뿐, 아이 다루듯이 어르고 쓰다듬고 친구처럼 스스럼없다. 할머니도 그것이 싫지 않은 듯하다. 말투만 연장자일 뿐 친구처럼 한두 살 위의 언니처럼 다정하게 이야기를 나눈다. 아주머니가 직장에서 과장이든, 선생이든, 계산원이든 간에 할머니에게는 상관없다. 심지어 할머니는 아주머니를 "종택아."라고 부른다. 아들 이름 같다. 아주머니의 이름이 영선이든, 소영이든 상관없다.

할머니는 아주머니의 사랑을 부른다. "종택아!"

그들은 도시를 유쾌한 실수로 채운다.

단 한 번의 실수도 용납하지 않는 냉철한 조직은 잠들었다. 조직에 속한 그들이 범하는 주중의 실수는 타인이 용서한다 하더라도 스스로가 용서할 수 없는 재해이다.

하지만 고양이들은 이 도시를 유쾌한 실수로 채운다. 그들은 그들이 실수투성이인 것을 안다. 그리고 그들의 실수를 몰래 부끄러워하지 않는다. 고해성사도 하기 전에, 참회문을 낭송하기도 전에 자신의 실수를 벌써 버스 안에서 고백한다.

고양이들은 스스로가 용서한 실수담을 도시에 퍼뜨린다.

도시가 웃는다.

잠시 후 그들이 만날 그분도 웃는다.

정류장마다 무너진 궁전의 영화를 지키는 고양이들처럼, 각자의 궁전으로 향해서 버스에서 내린다. 고양이들은 도시의 한가운데서 성스러운 궁전으로 사라졌다.

고양이들의 시간이 지나자 잠자던 식물들이 깨어나기 시작했다. 도시는 주중의 것처럼 탈바꿈한다. 제일 먼저 도시의 허기짐이 일어난다. 식물들은 배고픔을 채우고도 남을 식량을 '광합' 하려고 도시의 마트에 시퍼렇게 엉키어 든다. 배고픈 식물이 잠시 일요일 아침의 햇살에 의아해 한다. 식물들은 호기심을 모른다. 식물들의 허기진 위는 평소와는 다른 것을 상관하지 않는다.

식물들은 알 수가 없다. 그들이 잠든 사이 아침이 베푼 햇빛 속에서 고양이들이 얼마나 우아하게 몸을 핥았는지를. 이 아침의 햇살은 고양이들이 남겨 놓은 것이라는 것을. ↻

4

사랑은 중독이다

"우리들 자신의 것이지만 / 완전히 소유할 수 없는 / 바로 그
것과 하나가 되리라는 희망 / 그것이 중독이라는 것인가?"

— 노발리스

문제

: 왜 우리는 사랑에 굶주리는가?

우리들이 살고 있는 세상에서 사랑은 종교가 되고, 신화가 되었다.

그 많은 유행가 대부분의 주제가 사랑이다. 사랑에 대한 설레임, 사랑에 대한 환희, 사랑의 안타까움, 사랑의 덧없음……. 또 소설이나 시는 어떤가. 사랑을 찬양하고, 사랑을 숭배하고, 심지어 사랑을 욕한다. 사랑이 너무 많다. 어느 때는 사랑 타령이 빠진 담백한 노래가 듣고 싶다. 광고에서는 당신이 당신의 배우자와 아이들을, 부모를 사랑한다면 이 상품만은 꼭 사라. 안 사면 너는 사랑이 없는 사람이라고 은근히 협박한다.

영화를 보다가 거기서 나오던 중국 노래가 마음에 들었다. 사랑 이야기를 안 하면서도 페이소스가 있었다. 그런데 알고 보니 군가였다. 맙소사, 사랑이 빠지니 곧 전쟁터에서 부르는 노래가 되고 말았다.

왜 우리는 사랑에 굶주린 사람처럼 사랑을 갈구하는가?

우리에게 사랑이 없는가?

아니. 있다.

같이 눕고 같이 일어나는 사랑이 있다.

내가 굶주려도 그의 배 채우는 사랑이 있다.

노고의 몸을 기댈 사랑이 있다.

서로에게 소소한 이익이 있는 편안하고 즐거운 사랑이 있다.

그런데도 나와 그는 매일 매일의 작은 사랑을 하찮게 여긴다. 그것은 하루의 사랑들이지 천년의 사랑은 아니라고 생각한다.

왜 우리는 사랑 속에 있으면서도 '천년지애' 라는 현실에 있지도 않은 사랑을 꿈꾸는가? 천년의 사랑은 하루의 사랑 없이 한순간에 하늘에서 떨어지는 사랑인가? 그렇다면 우리가 꿈꾸는 사랑

은 이 세상의 사랑이 끝난 이후에나 할 수 있는 다른 세상의 사랑
이겠다.

신화의 답변
: 완전할 때 죽어라

아주 옛날 그리스의 희극작가인 아리스토파네스는 우리 시대의
'반쪽이의 신화'를 설명해주는 '원인간의 신화'를 이야기하는데,
그의 신화를 따라가다 보면 왜 우리의 사랑이 '그럴 수밖에 없는
지(Es muss sein)'를 어렴풋이 알 수 있다.

태초에 인간은 남성, 여성, 자웅동체의 세 종류가 있었다.
남성은 태양에서, 여성은 대지에서, 자웅동체는 달에서 나와서
둥근 모습을 하고 있었다.
그들은 모두 네 팔과 네 다리로 다녔으며, 평상시에는 서서 다
녔으나, 바쁘다 싶으면, 여덟 개의 사지로 바퀴가 구르듯이 달렸
다. 머리는 하나였지만 얼굴은 앞뒤로 있고 거기에 네 귀와 네 개
의 눈을 가졌다. 그들은 지상의 무엇보다도 빨랐고, 완벽하게 보

고, 듣고, 생각할 수 있었다. 그들 자신들이 바벨탑이었다.

그래서 그들은 신에 도전을 했다. 제우스는 족속을 파멸시키려다가, 숭배자들이 사라진 곳에서 신은 허울뿐이라 싶어 인간 족속의 힘을 약화시키기로 한다. 그의 무기인 번개로 그들의 몸을 반으로 잘라서 지금의 우리의 몸과 같은 반쪽짜리로 만들었다. 제우스의 아들인 의술의 신 아폴론이 잘 봉합을 해주었고, 그 증거가 지금 우리들의 몸에 있는 배꼽인 것이다. 수술 이후 완전했던 원-인간은 반쪽의 생을 살 수 밖에 없는 반쪽이가 되었다.

그런데 문제의 핵심은 몸이 반으로 쪼개진 데 있지는 않는 것 같다. 문제의 본질은 반쪽이가 신의 징벌 이전 완전했던 자기를 기억한다는 데 있다. 그들은 과거의 영화로웠던 몸과 마음을 그리워했다. 반쪽이들은 자신의 반쪽이를 찾아 자신을 회복하고 싶었다. 미칠 듯이 그리워했던 자신의 반쪽을 만난 순간 그들은 하나가 되기를 원했다. 왜 안 그렇겠는가? 몸이 나누어진 것이 형벌인지, 기억이 형벌인지……. 여하튼 제우스는 한 범죄에 대해 이중 처벌을 한 것 같다.

사랑은 반쪽이들에게는 자신의 반쪽과 결합하고 싶은 열망이다. 신화에서는 예전에 자기였던 반쪽을 끌어안고 떨어지지 않아 굶어죽을 지경까지 가기도 한다. 반쪽이의 사랑은 온전하고 완전했던 자기에로 돌아가고 싶은 열망이다. 사실 반쪽이의 사랑은 엄밀하게 말하자면 자기에 대한 사랑이다.

반쪽이에게는 죽음만이 사랑의 완성일 수 있다. 적어도 죽음만이 치명적인 사랑의 해결이다. 나 자신 것이었지만 완전하게 소유할 수 없는 것이 참을 만한 비극이라면, 언젠가는 하나가 되리라는 희망을 버릴 수 없다는 것이 참을 수 없는 비극이다.

반쪽이 둘이 하나가 되었다면, 얼마동안 둘은 하나일 수 있을까? 글쎄 파울로 코엘료의 소설에서는 '11분'이다. 사랑한다 해도 충족감을 일으키고 완전성을 가져오는 것이 아니라, 다시는 돌아갈 수 없는 완전성을 잠시, 아주 잠시 느끼게 해 줄뿐이다. 사랑할 때마다, 완전한 느낌을 잠시 회복할 때마다, 그토록 짧은 사랑의 환희에 좌절한다.

반쪽이가 제우스의 희극적인 처벌에 대해 자신의 사랑을 지켜내는 길은 '완전할 때 죽어라'이다.

아마도 이 이유 때문에 낭만주의 시대의 연애 소설은 사랑하는 연인들을 가장 사랑스럽고 아름다울 때 죽인 것 같다. 소설 『춘희』에서 아르망은 마르그리트의 무덤을 열고 썩은 시체를 안고 오열한다. 그의 절규 이면에는 완전하게 끝이라는 해방감도 숨어 있다. 소설은 그 이후에 대해서는 쓰지 않았지만 아르망은 그 소설에서 자살하지 않았다. 그렇다면 그는 사랑하는 여자가 사라진 곳에서 살 수 있었을 것이다.

'언젠가는 하나가 되리라는 희망'을 그는 더 이상 가질 수 없기에 그는 치명적인 사랑에서 벗어나서 살 수 있을 것이다. 그는 불완전했던 사랑의 완전한 기억 속에서 살 수 있을 것이다. 사랑하는 이의 죽음이 그를 치명적인 사랑에서 풀어주었다.

연인의 죽음은 그가 사랑을 소유하는 것을 포기하게 만들었다. 비로소 사랑이 그를 소유하게 하였다.

해결의 제안

: 사랑이 우리를 소유케 하라

우리가 꿈꾸는 완전한 사랑은 지상에서는 낯선 사랑이다.

그는 나의 것이고 나는 그의 것이지만, 완전히 소유할 수 없다.

하지만 우리가 하나가 되리라는 희망, 그 자체가 중독이다.

중독에서 벗어나 사랑을 하려면 우리는 완전하기를 열망하면 안 된다. 우리는 하나가 되리라는 희망을 가져서는 안 된다. 우리가 불완전하다는 것을 사랑해야 한다. 우리가 다르다는 것을 존중해야 한다.

서로의 반쪽을 사랑하고, 존중해서 반쪽 그 자체로 놓아두어야 한다. 각자의 반쪽에 대한 연민은 중독이 없는 사랑을 가져다 줄 것이다. 영원히 사랑하는 것을 포기하는 것만이 죽음의 사랑이 아닌 삶의 사랑을 가능하게 해 준다.

영원한 사랑은 우리 시대의 종교적 도그마이다. '나'의 결핍을 완전하게 채워줄 따뜻한 보살핌과 지고한 격려와 지순한 배려를 사랑이라고 한다. 완전한 사랑은 고통을 원하지 않는 사랑이다. 나의 반쪽을 내 것이 아닌 것으로 놓는 것은 고통이다. 결핍의 존재로 살아야 하는 것이 고통이다. 어느 누구도 고통을 기꺼이 선택하지 않지만, 지혜를 얻을 수 있는 곳은 고통에서만 가능하다. 완전한 '나'라는 것을 위해 '너'를 '나'로 만드려는 모든 시도는 사랑의 광신이다. 자신의 것을 포기하거나 결핍을 느끼면서 사랑이 행복이나 기쁨과 사실상 멀다는 것을 알게 된다. 사랑은 오히려 상실과 체념을 껴안는 고통의 경험이고, 이 경험은 초월과 관계 있다.

완전한 사랑은 우리 시대의 마약이다. '나'의 책임과 자유를 영원하게 확장시키는 마법과도 같은 사랑은 '너'의 관계를 원하지 않는 사랑이다. 모든 관계를 허용한다고 말하지만 '나'를 넘어서는 '너'의 모든 관계는 죽음으로 표시되는 사랑이다. 나의 반쪽은 '나'의 관계를 넘어서는 것으로 남아 있을 때에만 경이로운 사랑이 될 수 있다. 나의 반쪽은 우리의 꿈을 가능하게 하는 존재이다.
나의 반쪽을 '나'를 넘어선 알 수 없는 존재로 놓아둘 때, 우리가
이해할 수 없는 영역이 생기고, 우리가 가질 수 없는 세계가 나타
난다. 나의 반쪽은 현실에 신비를 주는 원천이다.

완전하려는 욕망을 버릴 때에만, 평온할 수 있는 체념에서만
'천년의 사랑'을 꿈꿀 수 있다.
그런 천년의 사랑은 하루의 사랑보다도 길지 않다. ↶

한 인디언 마을에

백인 상인이 시계를 팔러 왔다.
그는 한 인디언에게 두 시계를 내놓으면서 말한다.
"한 시계는 정각보다 2분 느리게 갑니다.
다른 한 시계는 고장이 나 1시 25분에 서 있습니다."

인디언은 고장난 시계를 산다.

그러면서 상인에게 그 이유를 말한다.
2분 느린 시계는 항상 틀린 시간을 알려 주지만,
1시 25분에 멈춰 선 시계는 적어도

하루에 두 번 정확한 시간을

알려 주기 때문이란다.

당신은 어떤 시계를 사겠습니까?
당신은 어떤 사랑을 원합니까?

V 꿈의 귀환

1

꿈이 들려주는 이야기

"사람들이 매혹되는 것은 그들의 무의식이 흔들렸을 때이다."

-C.G. 융

나는 너를 다시 찾아 든다

너는 잠들어 있다.

내가 의자를 가져오기 전에, 네 침대 옆에 앉기 전에 그리고 몇 분간 네 방문 앞에서 네 숨소리를 엿듣기 전에 너는 잠들었다. 만약 네가 깨어난다면, 그래서 네 잠자리를 지키고 있는 나를 본다면 아마도 너는 묻겠지. "무슨 일이야?"

하지만 너는 벌써 깊게 잠들어 있다.

나는 어둠 속에서 너의 규칙적인 숨소리를 듣는다. 또 네 머리

의 어렴풋한 윤곽을, 빼죽이 솟은 네 어깨를 본다. 너는 지금 왼쪽
으로 누워 있고 네 오른 다리는 몸통 쪽으로 끌어당겨져 있다. 네
가 깊은 잠에 들었을 때 늘 그러하듯이.

나는 지금 너처럼, 너와 함께 숨을 들이쉬고 내쉰다. 다시 들이
쉬고 내쉰다. 네가 잠들어 있는 나의 평안을 나누어 가질 때까지.

낮 동안 내내, 몇 시간 전까지도 갖지 못했던 시간을 지금 나는
갖는다. 나는 너에게 지금 말한다. 낮 동안 너에게 말했어야 했던
것을. 내 목소리는 귀에는 들리지 않아도 네 마음속 깊은 곳에 머
문다. 낮이 되면 나의 목소리는 온갖 형식으로 바뀌어져 네 앞에
서 너를 이끌어 갈 거다.

내가 들려주고 싶은 이야기는 깨어있는 자를 위한 꿈이다.

다시 만난 지금의 너는 나를 잊었다. 내가 누구인지도 관심이
없다. 그래서 너는 내일 꿈에서 아무 것도 기억할 수 없을 것이다.
아마도 모레도, 글피도 일주일 후 아니면 한 달 후, 아니면 먼 훗날
도 네 꿈을 알 수 없을 것이다. 너는 내가 누구인지 기억해야 한다.
그 때에만 너는 너의 꿈을 꿀 수 있고, 너의 꿈을 얻을 수 있다.

네가 어렸을 때 매일 밤 나는 너의 침대 옆에 앉아 있었다. 나는
네 눈을 손으로 살며시 가려 주었다. 깨어났을 때 눈부시지 않도
록. 그러나 나는 생각했다. 네가 빛에 친숙해지는 것을 배워야 한

다고.

나는 네 옆에, 어둠 속에 앉아 있었다. 네가 너를 둘러싼 그림자에 놀라지 않도록. 하지만 나는 생각했다. 너는 어둠과 너의 두려움에 익숙해지는 것을 배워야 한다고.

나는 잠들어 있는 너에게 많은 이야기를 들려주었다. 네가 꿈을 꿀 수 있도록. 하지만 나는 생각했다. 너는 스스로 꿈을 꾸는 것을 배워야 한다고.

그날 이후 나는 잠든 너를 찾아가는 것을 그만두었다.[5]

현실로 사라진 너를 꿈으로 불러내다

너는 산책을 하고 있었다.

밤나무에서 밤 껍질이 터져 열리는 소리가 들렸다. 떨어져 시든 나뭇잎들의 냄새가 풍겨져 왔다. 예기치 않은 곳에 불현듯 가을꽃이 피어 있었다.

너는 아주 오래간만에 그곳에서 혼자가 되었다.

---

[5] 독어를 배우며 읽었던 동화를 모티프 삼았다. 유감스럽게도 동화의 일부분만 인용되어 저자도 제목도 기억할 수 없다. 소년을 두고 떠났던 꿈이 다시 찾아와 회한하는 것이 인상 깊었다.

네가 잠들 때를 기다리지 않고 나는 너에게 이야기를 들려주었다. 나는 우연에 좌지우지 않는 미래를 너에게 들려주었다. 너는 나와의 고요함을 곧 싫어하고 너의 혼잣말로, 너의 음악으로, 너의 여러 생각으로 덮어버리려 했다.

나는 네 손 위에 내 손을 얹었다. 오랫동안 그렇게 가만히 있고 싶었다. 너도 그러기를 바랐다. 어린 시절 평안한 잠에서 막 깨어났을 때의 느낌을 해맑은 하늘 아래서 다시 한번 더 갖기를 바랐다.

나는 너를 따라 숨을 내쉬고 들이쉬었다. 또 숨을 내쉬고 들이쉰다, 나의 평안으로 너를 끌어들이기 위해. 너는 비로소 입을 다물었고 눈을 감았고, 네 생각의 소리를 가라앉혔다.

너는 너를 둘러싼 이곳의 대기를 한 번은 겪은 듯했고, 예전에 한 번은 '너' 인 듯 했다. 너는 곧 착각이라고 생각했다. 너는 이 모든 것을 아무 것도 아닌 꿈처럼 여겼다. 너의 의혹 없는 착각은 또다시 내 이야기를 거부한다. 너의 현실은 생생하고 강렬하다.

어떤 동기에도 뿌리박혀 있지 않은 나의 소리를 너의 현실은 '그런 것은 없어.', '모호한 꿈일 뿐이야.' 아니면 '불안해서 그래.' 라고 막아버린다. 너의 마음을 뇌의 기능과 호르몬 작용으로 만들어 버렸다. 너의 영혼은 쓸모없는 것으로, 기껏해야 유령으로 떠도는 우스꽝스러운 것이 되었다. 너를 둘러싼 현실에서 너는 육

체로만 이루어진 그 무엇이다. 너의 육체는 현실의 리얼리즘을 표
현하는 도구가 되었다.

　나는 너를 구하고 싶었다. 너를 혼자 두고 떠났던 그때를 자책
했다. 그래서 나는 돌아왔다.
　하지만 너는 나의 소리를 감당할 수 있는 것만큼이나 힘들어 한
다. 마치 깊은 강물 속에 잠수했을 때와도 같은 육중한 정적의 대
화는 물위로 떠오른 네 머리만큼이나 벅차다.
　하지만 네가 먼 옛날의 사막의 교부들처럼 외로이 정적에 들어,
몇 날 며칠을 네 귀를 너의 심장에 가져다 댄다면, 나의 소리는 내
몸을 빈 통을 삼아 울릴 것이다.
　너를 향해 퍼질 것이다.

꿈을 꾸지 못하면 너는 없다

　나는 이제 너에게 희망에 찬 말을 속삭이지 않을 것이다. 나는
아주 크게 소리를 질러 네 귀를 먹게 할 것이다. 너는 꿈의 소리를
버린 자이기에 귀머거리이다.

나는 이제 너에게 행복이 담긴 꿈 이야기를 보여 주지 않을 것이다. 너의 포기와 너의 퇴락을 보여 줄 것이다. 너의 눈은 허물어져가는 도시를 보고, 썩어가는 사람들을 볼 것이다. 너는 꿈을 꾸지 않는 자이기에 눈면 자이다.

나는 너의 목에 칼을 댈 것이다. 나는 유혹으로 너를 굴복시키고, 악마처럼 너에게 최상의 것을 주는 척할 것이다. 너는 절대 나에게 반항할 수도 저항할 수도 없다. 조금이라도 움직이면 내가 쥐고 있는 칼이 네 얇은 목에 꽂힐 것이다.

현실과 꿈을 가르는 천박한 이분법을 부수길 원하여 나는 너의 유혹자로, 너의 악마로 너의 옆에 있을 것이다. 너는 꿈에 대해 순종해야 할 것이다.

나에게 대항하면서 현실이나 꿈도 사실은 선택의 문제라는 것을 네가 깨닫기 바란다. 그리고 나에게 저항하면서 그런 선택이 너에게 왔다는 것을 깨닫기 바란다. 나에게 항거하면서 네가 스스로 꿈꿀 수 있다는 것을 깨닫기 바란다.

자신의 생을 현실에 저당 잡히지 않으려면, 자신을 잃을 위험을 무릅쓰고 자기 자신에로의 귀환을 이루어야 한다.

그것은 마치 장님이 지팡이에 의지해서 더듬더듬 목적지로 나가는 것과 같다. 지팡이 끝에 달린 그의 촉각 외에는 아무 것도 믿으면 안 된다. 지팡이와 촉각의 어느 것도 현실이 아니다. 현실을 암흑 속에 넣어 버리고 현실을 병든 환자의 몸처럼 타진해야 한다.

 '현실과 실재'라는 병에 걸린 너는 아마 해독제에도 괴로워해
야만 할 것이다.

하지만 꿈을 꾸지 못하면 너는 없다.

너는 꿈을 회복해야 한다.

오늘 밤

나는 너의 침대 옆에서 잠든 너의 귀에 대고 속삭인다.

"옛날 어느 날 나는……." ʊ

2

행복을 배달하는 우편집배원

"한 저자를 이해하려면 그의 서로 모순된 구절을 일치시켜야
한다."

– 파스칼

나는 호기심 많은 우편집배원이 될 것이다

나는 우편집배원이라는 직업을 가진 세상의 모든 사람을 존경한다. 그들은 이미 드문 방식으로 좋거나 나쁜 소식을, 유용하거나 무용한 정보를, 크거나 작은 선물을 전해주는, 태고의 직업을 아직도 옛날의 방식대로 가지고 있다.

예전에 독일에서 공부를 할 때, 서울의 어머니가 부친 편지를 오랜 기다림 끝에 받았다. 어머니는 이상하게도 "인경아, 편지 부쳤어. 편지 읽어봐."하는 정말 '용건만 간단히' 하는 전화를 하고는 뚝 끊곤 했다. 그럼 나는 엄마가 전화로는 말할 수 없는 사정을 쓰셨나 해서 편지가 오기를 학수고대했다. 편지가 올 즈음이 되면 현관 앞 편지함에 신경을 썼다. 나팔 문양이 찍힌 노란 가방을 싣고 서 있는 자전거도 자주 보고, 내가 사는 아파트의 사람들에게 온 우편물을 편지함에 나누는 우편집배원하고도 인사를 나누면서 지나친다. 볼 때마다 기분이 좋았던 그는 웃는 얼굴로 아침 인사를 한다. 왠지 그가 좋은 사람일 것 같은 생각이 들었다. 연이어 나는 우편집배원이라는 직업을 가진 모든 이는 좋은 사람이리라는, 착각 어린 생각을 하였다.

나는 어렸을 때, 연극배우, 작가, 화가 또는 은행 강도, 아니면 선교사가 되고 싶었다. 어떤 땐 아무 것도 되고 싶지 않았다. 한 번도 집배원이 되고 싶었던 적은 없었다. 왜? 집배원은 모든 성향의 소유자일 수 있다. 착하거나 나쁘거나, 몰염치하거나 사리가 분명하거나, 불친절하든지 친절하든지, 똑똑하든지 멍청하든지. 모든 성격의, 모든 취향의 소유자일 수 있다. 하지만 그는 결코 호기심을 가져서는 안 된다.

눈에 띄는 모든 것을 만져 보고 싶고, 맛보고 싶고, 알고 싶은 내가, 심지어 된장질에 일가견이 있는 내가 매일 어깨에 메고 다니는 가방 속 편지들에 대해서 알아서는 안 된다면, 괴롭지만 호기심을 죽이는 수밖에 없을 것 같다. 그래도 나는 편지의 내용이 기쁨인지, 슬픔인지, 분노인지, 사랑인지를 알고 싶어 손으로 흩어 놓고, 귓가에 흔들어 보고, 햇빛에 비추어 보고 할 것 같다. 하지만 여기서 끝낼 수 없는 유혹들이 여기저기에 있다. 나는 설령 직접 보지는 못했어도 수신인을 알고, 그가 사는 집도 안다. 그의 생활 정도와 환경도 대충은 안다. 또 그의 인간관계도 대략 짐작할 수 있다. 왜냐하면 나는 그 집안과 같은 성의 발신인이 쓴 국제 우편을 정기적으로 배달하기도 하고, 학교 마크가 찍힌 동창회 회보도 전달하고, 각종의 경조사 편지도 전해 주기 때문이다.

아마도 나는 어느 날부터 편지의 내용과 그 효과에 대해 그럴듯한 추정과 추리를 할 테고, 다음날 그 편지의 수신인을 볼 경우 내 추측이 맞았는지 틀렸는지를 확인하기 위해 그를 관찰하리라. 내 추측이 그의 얼굴 표정이나 그의 집안 분위기에 어긋나지 않을 경우 나의 호기심은 편지의 구체적인 내용을 더욱 더 알고 싶어 하리라.

바로 그런 이유 때문에 나는 외진 마을에서 자전거로 이집 저집을 돌아다니면서 우편물을 배달하고 싶다. 시골 마을에는 젊은이들이 도시로 나가고 노인들이 대부분이다. 늙는 것도 서러운데 젊은 정도 그리운 곳이다.

나는 내 호기심 때문에 담당 구역 주민들과 안면을 틀 것이 뻔

하다. 어느 정도 친분이 쌓였을 때, 그의 앞으로 부쳐진 예의 편지를 전하면서―우리는 외견상 거리에서 우연히 만났다. 이 우연을 만들기 위해 그 편지를 3일이나 가지고 있었다.―지난 번 편지에 대해 슬쩍 말을 꺼낸다. 그다지 중요하지 않은 안부 편지이거나 약간의 신변 잡기류의 소식은 나의 사람을 끄는 은근한 힘 덕택으로 그다지 어렵지 않게 얻을 수도 있을 것이다. 특히 상대가 연세가 지긋한, 조금은 외로워 보이는 노인의 경우는 좀 더 쉽게, 같이 편지를 읽으리라. 노인들은 눈이 나빠서 깨알 같은 글씨를 읽기 어려우시니, 읽어 드려야 할 것이다.

좋은 소식은 추후 온 마을의 소식이 된다. 기쁨에는 사생활이 없다. 소식을 같이 읽으면서 얼굴을 마주보며 즐거워할 사람들 중 첫 번째가 우연히 우편배달원이라는 직업을 가진 '나'일뿐이다. 내 사랑은 편지를 받은 사람의 기쁨에 닿아져 있다. 그래서 나는 낯선 그의 꿈을 함께 꿀 수 있으리라. 그럴 땐, 내 몸 안에서 낯선 꿈 같은 생각들이 심장을 흔들어 놓으리라.

슬픈 소식을 함께 슬퍼할 수 있는 내 사랑은 소식을 받은 그 사람의 고통에 닿아 나는 낯선 그를 무심히 측은해 하리라. 사람들의 고통에 내 두려움이 닿게 되면 고통에 대한 예민함과 그 같은 고통을 벗어나 있다는 안도감이 따를 뿐이다. 하지만 마음이 그의 슬픔을 함께 나눈다. 그의 슬픔은 그래서 한결 가벼워진다.

내 사랑이 그들의 기쁨과 슬픔에 닿아 있기에 내가 낯설어도 그들은 예전에 어디서 나를 본 것도 같은 막연한 느낌을 갖는다. 아니면 내가 그들의 사랑하는 사람과 닮았다고 느낀다.

나는 당신의 행복을 배달하고 싶어요

그럴 일이 없기를 바라지만 나는 법 앞에서는 죄를 저지를 수 있을 것이다. 하지만 사람 앞에서는 죄를 짓고 싶지 않다. 그래서 나의 담당 구역 주민의 심장에 말한다. 내가 그의 편지에 관심을 갖는 것, 그의 편지를 같이 읽는 것에 동의를 구한다.

"아세요? 내 호기심은 뭔가를 배달하는 심정 — 사람들 마음속에 무엇인가를 배달하는 것에 닿아 있어요. 먼 곳에서 배달된 사랑이면 사랑을, 미움이면 미움을 당신의 행복을 위해 배달하고 싶어요. 당신의 행복을 염려하는 나에 대해서 당신이 그런 느낌을 갖는 것은 당연해요.

나는 돈으로 승부하겠다는 생각을 버렸어요. 성공하고 싶다는 생각도 하지 않아요. 내가 일하는 방식을 본다면 나에게는 소식을 전해 주거나 받을 '사람'들이 있을 뿐이지요. '사람'이 나를 헌신적인 열정으로 살게 하지요.

나는 당신을 배려하고 싶어요. 서비스는 사람의 감각을 움직이지만 배려는 사람의 마음을 움직이지요. 사람의 마음을 움직인다는 것은 그의 삶의 방식에 영향을 주는 것이지요. 사람들의 삶의 방식에 영향을 준다는 것은 세상을 변화시키는 것이고요.

'우편물을 배달하는 일'은 내가 수많은 인간관계 속에서 세상을 움직이는 도구랍니다. 나는 너무나도 소박해서 위대해 보이는 원칙을 세웠어요. '인간을 위한 것인가?'라는 질문이 있고, 이 질문에 명백하고 자명한 대답을 할 수 있는 일만 하기로 했지요.

그러다 보면 어느 날 내가 당신의 우편함에 넣어 놓은 열쇠를 꺼낼 수 있겠지요. 그 열쇠는 우리를 둘러싼 작은 세계라는 열쇠인데, 당신은 행복의 중심으로 들어가는 많은 문들 중의 하나의 문을 열 수 있을 거예요."

내 앞에서 있는 '당신'의 눈망울이 환하게 열리며 '당신'의 눈 속에 비친 내가 얼마나 아름다운 사람인가를 보여 준다.

행복을 배달하는 우편집배원이 되기로 작정하다

이 세상에는 행복한 소식이 참 드물다. 어쩌면 아예 예전에 없어졌는지도 모른다. 그렇다면 열심히 살아가고 있는 내 담당 구역 주민들의 행복은 배달될 수 없는 것일지도 모른다. 담당 구역 주민들의 눈 속의 '나'를 기억할 때, 그리고 이 세상에서는 그들에게 배달되어져야 할 행복이 더 이상 없다는 결론에 이르렀을 경우, 내 심장은 견디기 어려울 것 같다.

그 경우 나는 호기심 많은 우편배달부에서 미친 우편배달부가 될 것 같다.

왜냐하면 드디어 나는 내 집에서 방문을 걸어 잠그고 조심스레 수증기를 피워 가며 편지 봉투를 열 것이기 때문이다. 그리고 편지지 위에 쓰인 내용을 경건한 마음과 정숙한 몸으로 읽으리라. 이것은 파렴치한 범죄이다. 그리고 이것은 미친 짓이다. 하지만 나는 미치고 싶지도 않고 파렴치범이기는 더욱 싫다.

하지만 제일 나쁜 것은 내가 결코 다른 사람을 행복하게 해 줄 수 없다는 것이다. 드디어 나는 마음으로만이 아니라, 실제로 그들에게 행복을 가져다주는 데 도움이 되는 그 무엇을 하기로 작정한다. 가장 깊은 곳을 사랑하는 일은 우리들의 행복을 허구적으로 추구하는 것이 아니라, 현실적으로 추구하는 것이다.

밤과 아침 사이 허공을 감싼 행복의 적막은 내 가슴 속 깊이 입김을 불어넣고, 그의 적막에 정성스레 귀를 기울이게 한다. 행복은 모든 이와 모든 것들에 대해 말한다.

시뻘건 김치만큼이나 매운 삶을 살고 있는 35번지, 김치 공장에 다니는 아주머니에게는 어떤 행복이 필요한가를 말한다. 혈육이라도 엇갈리는 인연은 상처를 남기는지 자식 없이 혼자 사는 그 아주머니의 딸이 되어 이 풍경 저 풍경, 이 사건 저 사건을 알알이 적는다. 가겠다는 약속이 없어도, 오라는 초대가 없어도, 사랑한다는 말이 없어도, 미안하다는 사과가 없어도, 이 편지 모두가 거짓말이고 사기여도, 나는 안다. 보내는 이의 이름도 주소도 없는 그러나 우체국 소인이 찍힌 이 편지를 여는 순간, 엄마라는 글자를 보는 순간, 그 아주머니의 가슴이 싸해 오리라는 것을.

36번지 춘구 씨, 이름만큼이나 봄날의 동산처럼 안온한 사람이다. 인터넷과 세트 상품 이른바 인터넷 전화와 IP TV 가입을 권하는 상담원 일을 하는 그는 하루 종일 회사를 대신해서 끈질긴 설득을 하고, 회사가 먹어야 하는 욕을 대신 먹고, 억지로 친절을 짜내어 강권한다. 그는 그가 자꾸 끈질기게 되는 것이 싫다고 말한 적이 있다. 그는 자신의 삶이 조그마한 전화 부스가 다인 것 같아 항상 의기소침해서 다닌다. 나는 오늘 그의 동료 중의 한 사람이 되어 그의 일이 얼마나 힘들지를 동조하고, 그가 얼마나 자신의 일을 전문적으로 잘하고 있는지를 옆에서 보고 있다고 쓸 것이다. 그리고 동료들은 물론 고객에게 주는 그의 친절을 본받고 싶다고 쓸 것이다.

춘구 씨는 의아해 할 것이다. 당연히 그는 이 편지의 발신인이 누구인지 궁금할 것이다. 그는 이제 직장의 동료나 상사들을 하나하나 눈여겨볼 것이다. 그들 중의 누가 그에게 편지를 보냈다고 생각하기 때문이다. 가까운 자리에 있든 혹은 먼 자리에 있든 상사이건 동료이건, 직장 동료 모두가 그 편지의 발신인일 수 있다. 춘구 씨의 마음에 그의 이름과도 같은 봄 동산이 솟을 것이다.

내 담당 구역 사람들은 너무 자주 자신을 변명하고 쓸데없이 끈질기다. 그리고 종종 비루하게 여겨진다. 마음도 몸도 가난한 그들은 성스러운 곳 이외에서는 축복받지 못한 자들이다. 인간들 사이에서 그들의 행복은 스스로는 가질 수 없는, 주어지는 것만 허락되어진 듯하다. 항상 긴 줄을 서야 하고 늘 기다려야만 하는 그들은 피곤하다. 그들의 피곤을 씻어 줄 보상은 너무나도 작고 짧아서 그들의 인내만을 시험할 뿐이다. 그들은 고결하고 아름답고 승리감에 취한 인생과는 상관이 없다. 그들은 다만 삶을 감당하기로 작정한 듯 산다. 행복을 느끼는 것도 능력인데 그들은 행복을 느끼는 것에 무능해져 버린 듯하다.

하지만 실은 그들 중 아무도 행복의 깊은 우물 속으로 내려가지 않았을 뿐이다. 달빛도, 차마 햇빛도 범하지 못했던 깊은 우물 속에는 이끼 낀 동그란 금반지 같은 행복이 고요히 잠겨져 있다. 나는 천천히 하강하여 금지된 곳, 그래서 가장 멀고 험한 곳으로 내려간다. 잠겨져 있는 행복을 높이까지 끌어올리기 위해서.

그러나 우선 담당 구역 주민 앞으로 전해져야 할 모든 불행은 파기될 것이다. 그들에게 참고 견디기를, 또는 체념을 요구하는 이 세상의 말들은 쓰레기 더미 위로 던져질 것이다. 그리고 불태워질 것이다.

나는 아무런 보수도 없이, 아니 오히려 비난과 핍박을 예견하면서 사람들이 전혀 기대하지 않는 일을 한다. 가장 좋은 것 가운데서도 혐오할 만한 그 무엇은 있기 마련이다. 파렴치하고 범죄적인 내 행위는 행복을 저 깊은 곳에서 퍼올리는 신성한 경계와 맞닿아 있다. 인간이 그 경계를 꿈꾸는 것 자체는 미친 사람으로 오해받기 쉽다. 하물며 나는 그 꿈을 지금 여기서 행동으로 옮기고 있는 중이라면 나는 정말로 미친 건지도 모른다. 그러나 나는 이미 내 운명과 내 직업을 사랑하기에 몰염치와 수치를 잊을 것이다. 나는 사막 가운데서 버림받은 자처럼 견디어 낼 만한 충분한 용기를 가져야 한다.

드디어 새날이 밝으면 내 가방은 행복으로 무거워진다.

나는 행복한 편지를 배달한다. 나는 행복을 전하는 우편집배원이 된다.

"당신은 오늘 아침 어떤 종류의 편지를 받고 싶은가요? 어떤 행복을 갖고 싶은가요? 말씀해 주셔요. 배달해 드릴게요."[6] ひ

---

[6] 독일 동화, 『행복을 배달하는 우편집배원』을 모티프로 삼았다. 이 동화에서 한 우편집배원은 사람들에게 행복을 나누어 주기 위해 슬픔과 고통 등의 내용이 적힌 편지를 없앤다. 그리고 행복한 내용의 편지를 배달한다.

3

마음의 문제 : 심장은 그냥 안다, 본질적인 것을

"덕이란 인간의 능력 자체이며, 그리고 그것은 인간의 본질에
다름이 없다. 그것은 인간이 자기의 존재(Sein)를 유지하려고
힘쓰는 노력에만 있다."

— 스피노자

대조가 된 사람들
: 도움을 준 교통경찰관과 어느 가족

작년 여름 서울에 비가 억수처럼 내리던 장마철이었다.

한 3일 전부터 차 계기판에 불안한 빨간색의 배터리 표시가 들어왔다. 기계치인 나는 그 의미를 모르고 차를 몰고 다녔다. 그러다가 배터리 모양의 빨간불이 들어오지 않았다. 차가 알아서 다시 정상이 되었나 보다 싶었다. 그래도 조금 미심쩍어서 공업사에 가려 했지만 비가 매일매일 너무 많이 내려서 차일피일 미루었다.

그날은 '오늘은 정말로 공업사에 가야지.' 하고 차를 운전하고 나왔다. 그런데 그 '오늘'은 비가 퍼붓는 정점인 날이었다. 잠수교는 이미 잠수했고, 강변북로 곳곳이 물에 잠겨 통제되고 있는 날이었다.

거리는 물 반, 차 반으로 아수라장이었다. 내가 가는 공업사는 반포대교 북단에 있었다. 반포대교 남단에서 신호 대기를 하고 있었는데 시동이 꺼졌다. 고지가 바로 저기인데 '아뿔싸' 어째 이런 일……. 비상등을 눌러도 먹통이다. 뒤차들이 경적을 울린다. 내 차가 그곳을 지옥으로 만들고 있었다.

다른 차들에게 신호를 주려고 차에서 내렸다.

그런데 마치 기다리고 있었던 것처럼 교통경찰이 나타났다. 상황을 주섬주섬 설명했다. 그는 전혀 꼼작도 않는 차를 마침 바로 앞쪽에 표시된 교통섬으로 밀었다. 우산을 받쳐 주었지만 그의 제복은 비에 젖고 말았다. 고맙고 미안했다. 고맙다고 말했다. 그는 묵묵히 아무 말도 없이 어느 순간 획 사라졌다. 그가 온 것이 아니라 누가 그를 보낸 것처럼 느껴지는 고마움이었다.

이제는 보험회사에 전화를 걸어 도움을 청할 차례였다. 그런데 이는 무슨 일, 휴대폰이 먹통이었다. 분명 충전을 하고 나왔는데 화면이 캄캄하다. 난감했다. 그날은 악운과 행운이 겹치는 날 같았다.

마침 교통섬에 차 한 대가 서 있는데, 저 쪽 화단에서 아버지인 듯한 사람과 중학생 정도의 오누이가 노도와도 같은 시뻘건 강을 구경하고 있었다. 화단 쪽으로 건너가 상황을 설명하고 휴대폰을 빌렸다. 전화비를 지불하려 했지만 그들은 받지 않았다. 내가 용무를 마치자 그들은 떠났다. 떠나는 그들의 차 꼬리에 인사라도 하고 싶은 심정으로 오래 바라보았다. 그때 느낌도 교통 경찰관과 마찬가지였다. 그들도 나를 기다린 듯했다. 그들도 누군가가 거기에 보낸 듯했다. 다행이었고 고맙고 미안했다.

모든 일이 끝났다.

아무 도움도 주지 않은 노인

교통섬 한가운데서, 고장 난 차 옆에서 우산을 쓴 채, 견인차만 기다리면 되었다. 한데 그렇게 억수같이 비가 퍼붓는 날에도 산책하는 사람도 있기 마련이다. 모자를 푹 눌러쓰고 비옷을 입은 한 노인이 씩씩하게 걸어오고 있었다. 그는 내 옆을 일부러 지나면서 말을 남겼다. "비 오는데 고생이네. 차가 고장났나봐." 강건한 노인의 온유한 목소리가 순간 가슴에서 따뜻한 것을 올라오게 했다. 코에 따스한 물방울이 맺혔다. 맥이 탁 풀리면서 그 할아버지를 안고 그의 품에서 울고 싶을 정도였다. 할아버지의 말 한마디에 힘들었던 모든 것이 지나갔다.

사람의 심장은 참으로 예민하고도 영민한 구석이 있다. 심장은 그냥 안다. 누가 나를 좋아하고, 싫어하는지를. 무엇이 나를 구하려 하고, 궁지에 빠뜨리려 하는지를. 무엇을 해야 하고, 무엇을 하지 말아야 하는지를 직관적으로 안다. 다만 우리의 머리가 심장의 말을 듣는 데 서툴러 자주 심장과는 다르게 살 뿐이다.

내 머리는 교통경찰관과 강 구경을 나온 가족에게 감사했다.

내 머리의 숙명론은 마치 그들을 운명이 보냈다고 규정할 정도로, 그 사건에서 꼭 있어야 했던 사람들이었다. 그들이 없었다면 나는 그날 생각하기도 싫은 엄청난 고생을 했을 것이다.

그런데 그들에 대해서 내 심장은 차가웠다. 평상시 나는 냉혈한이 아니다. 너무 뜨거워서 탈이다. 처음 만나는 이와 밥을 먹을 때, 그 사람이 내 숟가락의 밥 위에 반찬을 얹어 준다면, 나는 가슴이 뭉클해지면서 그 순간만은 그 사람을 위해 죽어도 괜찮다고 느낄 정도로 정이 헤프다.

교통경찰관과 강 구경을 나온 가족은 실질적으로 나에게 많은 도움을 주었다. 하지만 노인의 경우처럼 심장에서부터 우러나오는 고마움은 아니었다. 그래서 나는 가족에게 전화비를 주려고 했고, 교통경찰관에게도 무엇인가를 주고 싶었다.

글쎄 내가 도움을 받은 경찰과 가족에게 어쩌면 열등감이 작용했는지도 모를 일이다. "차 빼요." 하는 경찰의 목소리에서 짜증을 읽은 것은, 상황을 설명하는 내 입술을 바라보던 가족의 황당한 시선을 느낀 것은 전적으로 내 문제일 수 있다. 그래도 그들 중 아무도 걱정하는 말도 하지 않았다. 표정도 없었다. 어쩌면 나는 그들에게서 마음이 없는 도움을 받았거나, 상황 때문에 받았을지도 모른다.

다행이었고 고마운 일이었지만, 그것은 갚을 수 있는 고마움으로 느껴지는 차가운 고마움이었다. 정이 없는 고마움이었다.

노인은 달랐다.

노인은 실질적인 도움을 주지 않았다. 문제를 해결해야 하는 전략과 효율성에서 본다면 그는 효용 없는 존재이다. 머리의 단순한 계산에 의하면 노인은 잉여 인간이다. 노인은 문제를 일으키고 해결하는 데에 꼭 있어야 할 요소가 아니다. 하나의 사물이 존재하고, 한 사건이 일어나고, 하나의 해결이 생기게 하는 충분한 근거도 아니다. 머리의 숙명론에 의하면 노인은 우연이다.

하지만 그때 노인이 나타나지 않았다면 내 차가 싸구려 거지 같은 차라고 느꼈을 것이다. 길 한복판에 서 있는 것이 창피했을 것이다. 비에 늘어진 옷과 초라한 몰골이 부끄러웠을 것이다. 다른 사람에게 짐이 되었다고 계속 조바심 내고 있었을 것이다. 실체도 없는 뭔가를 모면하려고 애쓰고 있었을 것이다.

노인의 걱정 서린 말은 나와 내 주위를 바꾸어 놓았다.

마음은 세상에 흩어진 유리알 같다

노인은 나에게 마음을 주었다. 걱정하는 마음, 염려하는 마음,
도움을 주고 싶어 하는 마음을 주었다. 노인은 의도에 있어서 충
분히 나를 돕고도 남았다.

그때 내 심장은 느꼈다, 그의 심장에서 나에 대한 사랑이 파문
처럼 번져 나오고 있는 것을. 그 사랑은 노인이 그의 아내와 아들
과 딸에게 주는 사랑과 다르지 않다는 것을. 그의 심장을 존중하
여 나의 마음의 문을 열어야 한다는 것을 알았다. 나는 그 노인에
게 내 아버지가 나에게 준 것 같은 똑같은 마음을 받았다.

마음은 천상에서 지상으로 산산이 조각나 흩어진 유리알 같은
것이다. 세상은 깨어진 유리알과 같은 마음으로 가득 차 있다. 내
아내를 사랑하는 마음, 내 아이를 사랑하는 마음, 낯선 이를 걱정
하는 마음, 낯선 이를 불쌍히 여기는 마음이 사실은 다르지 않다.

나는 그때 노인의 한 조각 마음에서, 내 부모의 염려하는 마음

을 만났고, 지상에 흩어진 모든 마음들의 위로를 들었다.

노인은 그런 마음을 선물처럼 주고 하염없이 멀어지고 있었다.

내 심장은 노인의 마음의 파문과 같이 떨렸다. 내 심장은 저절로 고마움의 마음을 도시 한복판을 향해 퍼뜨리기 시작했다.

나는 울었다. 나도 모르게 내 심장은 세상을 고마움으로 변화시키려는 미미한 시도를 하고 있었기 때문이었다. 그때 나에게 한 도시의 사람들의 심장과도 같은 커다란 심장이 있었다면, 이 도시를 고마움으로 채울 수 있었을 것이다. 도시의 모든 사람들의 심장이 고마움에 같이 너울거릴 수 있었을 것이다. 하지만 나는 매일매일 양심의 가책만 드러나는 콩알만한 심장이 있을 뿐이었다.

나는 내가 무엇이 되어 세상과 만나고 싶어 하는지를 알았다. 그리고 어떻게 세상을 바꾸고 싶어 하는지를 깨달았다. 나는 마음을 믿지 않는 세상에서, 그래서 마음이 사라진 세상에서 마음의 귀환을 이루어야 했다. 마음에 이르는 미지의 길에서 개척자가 되어 우선은 마음을 발견해야 한다는 것을 알았다.

내가 찾아야 할 마음은 심리학의 마음도 아니고, 물질에 의해 버려진 마음도 아니다. 내가 찾아야 할 마음은 세상을 담아내는 유리알 같은 마음이고, 세상을 변화시키는 창조의 마음이고, 세상을 보존하는 영감의 마음이다. ↺

4

현자의 꿈

"그대는 모든 크고 작은 것에 스며들어 있으며 / 또한 모든 존재와 신체 속에 스며들어 있는 / 자연의 정령을 이끌어 나가 리라."

- 클레안데스

a

어리석음은 모든 것에 대답하려는 데 있다. 현명함은 모든 것에 의문을 던지는 데 있다. 현명한 자의 개인적인 관심과 취향은 당대인의 문제이다. 그가 바로 문제이다. 그는 문제를 쫓지 않는다.

어리석은 자는 문제를 쫓기에, 문제는 항상 그보다 앞서서 있다. 그는 단 한 번도 문제를 만날 수도 없기에, 더욱이 문제를 해결할 수는 도저히 없다.

b

행복은 믿을 수 없을 정도로 느리다. 그래서 언젠가 어느 현명한 자는 누군가 죽은 이후에나 비로소 그가 행복했었다고 말할 수 있다고 한다. 행복은 죽음보다도 느리다. 현명한 자는 인간의 행복이 그림자의 꿈임을 안다.

그럼에도 불구하고 어리석은 자는 현실에서 한 번쯤은 행복하고 싶어 한다. 한 번 행복하기 위해 여러 가지 방법을 모색하고, 죽을 만큼 고군분투한다. 현실의 행복을 위해 자신의 많은 것을 희생하고 포기한다.

개미의 행복 : 꿀단지에 개미들이 모여 들었다. 한 할머니가 물이 가득 담긴 대야에 꿀단지를 담가 나무 그늘 밑에 놓았다. 며칠 후 물 위에 무수한 개미 시체들이 둥둥 떠 있었다. 꿀단지 속에서도 꿀 속에 파묻혀 죽은 개미들이 즐비했고, 아직도 죽지 않은 개미들이 꼬물거리고 있었다. 아마도 꿀단지 안의 개미들은 나무 위로 올라가 꿀단지를 향해 떨어졌으리라 싶었다.

개미의 행복은 어리석은 자의 행복과 다르지 않다. 그들은 행복하기 위해 스스로 자신을 죽음으로 내몬다.

c

어리석음은 움직이지 않는 데 있다. 세상이 저절로 그에게 돌아오기만을 기다리고 있다. 그는 그가 세상의 중심이라고 생각한다. 모든 것은 그를 위해 움직여야 한다고 믿는다. 그래서 그는 결코 움직이지 않는다.

현명한 자는 항상 떠난다. 그는 온 세상이기 때문이다. 그는 세상을 현실로 불러내기 위해서 세상으로 들어간다. 그는 희미한 파장처럼 세상에 침투해서 세상을 간섭하고 세상을 움직인다. 그는 그의 업적인 세상을 사랑했지만 세상을 소유하고자 하지 않는다.

그는 길을 가면서 집을 떠나지 않는다.

d

어리석은 자는 모순 속에서 선택을 한다. 그의 선택은 항상 양자택일적이다. 그래서 그의 모든 선택은 언제나 모순의 일부분이다.

현명한 자는 모순이 아집의 깊이임을 안다.

"우리의 저녁별은 대척지의 새벽별이다." 비탈길을 내가 올라갈 때는 오르막길이지만, 내가 내려올 때는 내리막길이다. 내가 올라가고 네가 내려올 때 우리가 그 길에서 만났다면, 우리는 어느 길에서 만난 것일까? 오르고 동시에 내리는 대척지에서 만난 걸까? 사실상 우리의 대척지는 칠레의 연안이 아니다. 우리들 중 몇몇 만이 우리에게 지리상의 대척지로 알려진 그곳에 갈 것이다.

진정한 우리의 대척지는 오르막길과 내리막길인 그 길, 오르막길도 아니고 내리막길도 아닌 그 길에서 정면으로 마주 서 있는 '내' 길이다.

e

어리석은 자는 현명한 사람과 어리석은 사람을 나눈다. 그리고 자신이 현명한 반면 다른 이들은 어리석다고 생각한다.
현명한 사람은 스스로가 어리석은 것을 알고 현명한 사람이 되고자 삶 전체를 건다.

어리석고 현명한 베드로는 자기가 어리석고 현명한 것을 스승에게 고백한다. "저는 당신을 배반했습니다. 그럼에도 불구하고 당신은 제 영혼 밑바닥에는 너무도 자주 제 마음을 채우는 비겁함보다 당신을 향한 더 깊은 사랑이 숨어 있다는 것을 아십니다. 저는 오로지 이 사랑으로 살고 싶습니다."

현명한 자는 자신이 크게 어리석은 자라는 것을 안다. 그는 삶에서 배우려고 한다. 어리석은 자는 자신이 모르는 것만 빼놓고서는 잘 안다고 생각한다. 그는 삶을 가르치려고 한다. 그것도 부분에서만.

f

현명한 자에게는 생과 사, 현실과 상상, 과거와 미래, 말할 수 있는 것과 말할 수 없는 것이 더 이상 반대의 것으로 지각되지 않는다. 그것은 의지의 다른 국면들이다. 그것은 자유의 다른 조건들이다.

현명한 자는 들숨과 날숨 사이에도 얼마나 많은 생과 사가 있는지를 안다. 매 숨마다 그는 그의 의지대로 살고 죽는다. 그에게 운명은 자유가 된다.

어리석은 자는 죽음 이후에 삶이 있을까? 고민하고, 시간이 빨리 흐른다거나 늦게 간다거나 불평한다. 그는 생과 사, 과거와 미래, 현실과 상상은 그의 의지가 아니라고 생각한다. 그것들은 운명이라고 믿는다. 그래서 그의 모든 것은 자유 밖에서 숙명이 된다.

g

어리석은 자의 세상에는 헤아릴 수 없는 많은 사람이 있었고, 셀 수 없는 많은 이들이 있고, 앞으로도 무수한 많은 사람이 있을 것이다.

그에게는 자신 이외의 사람은 다른 사람들일 뿐이다. 자기와는 다른 것을 가진 사람들이, 자기와는 다른 생각을 하는 사람들만이 있다. 그의 세상은 나와 너를 가르는 구별의 세상이다. 그는 서로를 이해할 수 없다고 믿는다. 그가 꿈꾸는 최고의 세상은 각자의 별에서 온 외계인들이 서로에게 무관심하게 살아가는 세상이다. 그는 무관심의 단절을 평화라고 여긴다.

현명한 자의 세상에는 단 한 사람만이 존재한다.
그의 세상에는 나와 너의 구별이 없다.
현명한 자는 타인이 볼 때 그의 눈이 되어 보고,
타인이 들을 때 그의 귀가 되어 듣고,

타인이 느낄 때, 그의 몸이 되어 느낀다.

현명한 자는 그와 사람들이 다르지 않은

하나의 '몸'이라는 것을 안다.

그 하나의 '몸'으로 산다.

VI 이 세상 밖이라면 어디라도

1

겨울 산과 순례자

"순례자는 삶의 근원적인 물음에 대한 답을 알지 못하고 고백
하는 사람이다."

– 안셀름 그륀

겨울 산의 지혜 1
: 모든 순간은 삶 아니면 죽음이다

산 중에서도 겨울 산은 위대하다.

겨울 산은 모든 생명의 기운을 비좁은 계곡에 모아 생명을 보관하고 유지한다.

생명들이 모아진 곳은 성스럽다 못해 두렵고, 자못 위험한 곳이다.

내 자신의 인생이 보잘 것 없다는 자괴감이 들 때,

내 자신이 못된 사람이 아닌데도 천박한 사람으로 느껴질 때,

실제 내 인생보다 큰 인생을 걸고 싶을 때,

그냥 목숨을 걸고 싶을 때,

모든 생명이 얼어붙은 겨울 산에 간다.

생명의 산에 드는 순간부터 산에 대한 지혜가 생긴다.

겨울 산에서는 순간을 존중해야 한다. 내 발밑에는 기암절벽이
서 있고, 좁다란 계곡 위로 심연이 떠 있다. 발을 내디딜 때마다
항상 중요한 순간이다. 모든 감각과 정념을 발바닥에 집중해서 몸
을 산에 밀착시켜야 한다. 이곳에서는 생각이 실종되었다. 처음에
도, 중간에도. 그래서 끝까지 오로지 단 하나의 행동을 해야 한다.
  '순간'을 놓치는 순간, '순간'과 행동의 괴리가 발생하는 순간,
절벽 밑으로 삶의 실종이 있다.
  모든 순간은 삶, 아니면 죽음이다. 어중간한 타협은 없다.

겨울 산의 지혜 2

: 대립이 사라진 때와 곳에서 생명이 산다

이제 좁은 소로길은 더욱 좁아든다.

나는 길을 잃을 위험을 무릅쓰고 하늘 위로 차근차근 걸어 들어간다.

잎이 떨어진 나무줄기가 빽빽이 서 있다.

바람이 불면 나무들이 흔들리고 숲이 움직이고 산이 울린다.

나는 침묵해야 한다. 말하지 않는다. 여기서는 듣고 기다려야 한다.

한때의 축복받은 초록을 벗은 나무는 산을 알고 느낀다.

하늘을 향해 뿌리박힌 겨울나무의 가지들은 하늘이 어떻게 내려오고 땅이 어떻게 오르는지를, 어떻게 가장 아래 있는 것이 가장 위로 올라가는지를 말해 준다.

아무리 낮은 언덕의 나무도 그 언덕 하늘 밑에서는 처음으로 하늘에 닿은 높디높은 나무라는 것을.

아무리 깊은 물도 그 땅 위에서는 처음으로 땅에 닿아 흐르는 얕디얕은 물이라는 것을.

아무리 끝없는 동굴도 그 땅 안에서는 처음으로 시작되는 미미하고 미미한 동굴이라는 것을.

겨울 산은 지상의 모든 대립이 아무 의미도 없어지는 지점에까지 나를 끌어들이려고 한다. 겨울 산은 태양의 붉은빛, 물의 푸른 쪽빛, 나무의 검은빛의 구별도 다 사라지고 창공과 솟은 땅이 만나는 곳에 몽롱한 빛의 경계만을 남긴다. 빛도 사라져 하늘과 땅의 구별도 사라진 곳에 나를 세워 본다.

겨울 산의 계곡은 불가능한 그곳을 향해 걷게 한다. 나는 흐르지 않는 물 위를 걷는다. 흐르지 않는 물 아래 깊은 곳에서 돌아올 수 없는 곳으로 샘물은 흐르고 있다.

겨울 산에서 높음과 낮음, 처음과 끝, 삶과 죽음은 하나가 된다. 그곳에 생명이 보존되고 있다.

겨울 산의 지혜 3
: 나를 찾아 삶의 징표를 맞추어라

조금 전까지는 오르던 길이 내려오는 길이 되었다.

샘터에서 살얼음을 쪼개고 물을 마신다.

표주박 한가득 눈 덮인 산봉우리에 깊고 검은 눈동자가 걸려 있다.

지금 나는 물을 마시는가?

표주박 속의 한 인물이 한 인물을 발견하게 한다.

표주박 속 얼굴이 내 삶과 똑같은 흔적을 담고 있는 것이 놀랍지 않다.

우리가 만날 수 있는 시간은 무한했지만, 고통을 넘어서고 생을 수행한 징표를 맞추어 보기 위한 시간은 단 한 번뿐이다.

한 모금의 물조차 여기선 종교가 된다.

산 아래에서는 금과 은으로 장식된 화려한 식기와 반짝이는 수정의 술잔에 쾌락을 담았다. 먼 땅의 철 이른 음식들을 허기져 먹었다. 왕의 음식을 먹었어도 이미 입 속에서조차 음식은 음식이 아니었다.

순례자들에게 성지는 해답을 주는 곳이 아니다. 성지에서 순례자들은 신의 소리(Vox Dei)를 듣기 원한다. 무형의 소리를 단 한

번이라도 듣는 자는 삶의 근원적인 물음에 대해 아는 자이다. 그는 문제에 대한 해답을 찾기 위해 성지를 떠나야만 한다. '삶'으로 다시 돌아와 무형의 소리를 실제의 것으로 만드는 해답을 찾아야 한다. 해답은 삶의 미지의 과정이다. 그는 때마다 성지를 찾는다. 생을 수행한 징표를 맞추어 보는 의식을 그곳에서 치른다.

나는 겨울 산에서 순례자가 된다. '삶과 죽음의 양극이라는 타협 없는 순간에서 삶과 죽음을 하나로 살아 내는 것'이라는 모순을 살아야 해답을 찾을 수 있다. 산 밑에서의 삶은 자칫 미치광이로 살거나 바보로 살아야 하는 것이 해답처럼 보인다. 한 줌의 광기만 더 있어도, 한 덩어리의 정신만 덜 있어도 근원에 다다를 수 있을 것 같다.

하지만 아직도 내게는 한 줌의 정신이 이 세상 모든 산을 합친 것보다도 더 무겁다. 나는 삶의 근원적인 물음에 대한 답을 알지 못하는 순례자이다. ↺

2

세상의 경계에 서다

"내 가보지 않은 한 쪽 바다는 / 늘 마음속에서나 파도치고 있
습니다."

— 이성복, 「서해」

가고 싶은 곳을 마음에 숨기는 것은
전설의 시작이다

나는 여행을 하는 것보다는 여행하는 상상을 하는 것을 더 좋아한다. 특히나 낯선 곳의 풍광 사진이나, 사람들의 풍속 사진을 보면, 애수 어린 동경이 든다. 눈앞에는 가질 수 있는 듯이 펼쳐져 있으나 차마 가질 수 없는 것이, 언젠가 가고 싶으나 가지 못할 곳으로 남겨둔 것이 내가 찾는 것일지도 모른다는 야릇한 희망을 준다. 그곳을 차마 보지 못하고 마음속에 숨겨 놓은 곳이 되어 가고 있는 것이 묘한 상실감과 더불어 깊은 동경이 된다.

보물이 숨겨져 있다는 전설이 있는 곳은 폐허라도 신비롭게 느껴지듯이, 가고 싶으나 갈 수 없는 곳을 숨겨 놓는 것은 전설의 시작이다. 풍경 사진 책을 열어 노란 산수유 꽃이 만개한 마을의 순박한 정경 사진을 보다 보면 이내 그곳은 어떤 곳일까 상상한다.

'바람도 노란색일 것 같은 산수유 마을의 향기는 어디까지 날릴까? 내 손끝이 산수유 꽃잎에 닿으면, 꽃잎은 얼마나 부끄러워할까? 꽃을 만진 내 마음도 그만큼 순정해질까? 노란 꽃들 위로 밤이 내리면 땅은 어찌될까? 꽃동네 사람들은 꽃을 닮아 아름답게 살고 있을까? …….'

내 마음속의 산수유 마을은 벌써 한없이 커지고, 이내 내 마음은 하늘의 노란 별들이 내려 앉아 꽃을 이룬 마을이 된다. 평범한 한 마을이 세상에서 유일한 아름다움을 간직한 마을이 된다.

'이번 봄이 오면 산수유 마을에 가야지.' 하고 결심한다. 구체적인 계획이 없는 막연한 바람이지만, 어디론가 떠날 수 있고, 떠날 결심을 한다는 것에 기분이 좋다.

여행이란 뭘까? 왜 사람들은 떠나고 싶어 하고, 그래서 떠났다가, 결국은 왜 돌아올까?

내가 가보고 싶은, 아름다운 마을들의 사람들도 분명 그들의 마을을 벗어나, 다르고 낯선 곳, "여기가 어디야?"라는 탄성이 나오는 곳에 가보고 싶어 한다. 벌써 어떤 이들은 갔다 왔겠다.

어디엔들 이곳과 그리 다른 삶이 있을까 싶어도, 이곳의 삶이 범접하지 못한 장소와 시간이 불현듯 드러나는 곳은 있기 마련이다. 그곳에 가면, 우리는 '산다는 것이 얼마나 위험한 일인가'를, 동시에 '지난한 삶을 살아내는 것이 얼마나 아름다운 일인가'를 깨닫는다.

여행의 시작에서 그곳이 낯설고 매혹적인 곳이었지만, 여행의 끝에서 이곳의 삶이 낯선 것으로 멀어지는 일이 줄곧 일어난다. 그래서 우리는 이곳의 삶으로 돌아온다. 다시 먼 모험을 떠나는 심정으로 이곳의 일상으로 돌아온다.

나는 빈 마음으로 돌아오지 않는다.

낯선 시간이 흘렀던 낯선 곳은 늘 마음속에서 파도치고 있기에, 이곳의 삶도 견딜 만한 것으로 변해 버린다.

나만을 위한 세상의 한구석

아직은 그런 곳을 찾지는 못했지만, 나만의 장소를 갖고 싶다.

그곳은 여러 사람들이 익히 알고 있는 장소일 수 있다. 그곳은 여느 곳과 그다지 다르지 않은 평범한 곳일 수도 있다.

여느 바다처럼 찰랑이는 갯벌이 조개 입에 차오르는 곳일 수도 있다. 여느 들녘처럼 금빛 노을이 부서져 곡식을 물들인 곳일 수도 있다. 여느 산에서처럼 나무 향기가 싱싱한 그늘을 이루는 곳일 수도 있다. 여느 마을과 도시처럼 그리운 사람이 떠나고 돌아오는 곳일 수도 있다.

그러나 그곳은 나에게는 특별한 곳이 될 것이다.

순정한 결을 거슬러 내가 뾰족하게 곧추설 때, 그곳에서 나는 작은 새처럼 허공에 눕는다. 그곳의 허공은 넓고 크고 깊게 비어 있으면서도 작은 새를 위해 충만하게 차오른다. 나는 그곳에서 충만하게 비어 있는 허공을 닮는다.

욕망의 잔가지들이 내 몸을 뒤틀리게 할 때, 그곳에서 나는 나무처럼 한동안 서 있고 싶다. 나무는 수백 년 동안 서서히 자라서 '자연 그대로의 계시'가 된다. 나는 그곳에서 기적이 없는 곳에서 믿음을 갖는 나무를 닮는다.

잡을 수 없는 환상이 나를 궁지에 서게 할 때, 그곳에서 나의 마음은 푸르름으로 피어나 하늘에 걸린다. 한 조각의 구름은 물고기

마냥 움직여 내 숨과 같이 들고 난다.

구름의 푸르름은 바람이 되어 흩어질 때를 알고, 비가 되어 지상에 내릴 때를 알고, 이슬이 되어 오를 때를 안다. 나는 그곳에서 일과 행복이 하나인 구름의 삶을 닮는다.

그곳이 선물처럼 나에게 주어졌으면 좋겠다.

모퉁이를 돌 때, 산등성이를 넘을 때, 강을 건널 때, 그리운 이들을 마중 가는 길에 '여기구나.' 하고 순진하고 열린 눈으로 알 수 있는 곳이면 좋겠다. 내 의지를 넘어서는 그곳에서, 우연이라고 불리는 필연이 준 그곳에 나를 맡기고 싶다. 그래서 그곳에 서 있는 나를 우주에서 본다면, 바다에서 하늘을 향해 서 있는 한 그루의 나무였으면 한다. ✆

3

채소밭을 가꾸는 남자

"우리가 필요로 하는 것은 새로운 사회체를 창조하는 것이다. ...... 이 기획은 그 자체로서의 인간(Homo tantum)의 벌거벗은 삶을 향하는 것이 아니라 호모호모(Homohomo) ...... 로 향한다."

— A. 네그리와 M. 하트

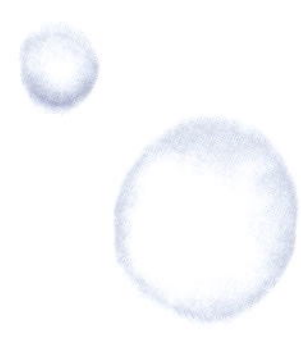

그의 채소밭은 우리의 세계 밖에 있다

섬세한 눈을 가진 그가 제일 좋아하는 것은 채소를 가꾸는 것이다.

그는 단순히 먹을거리로 채소를 키우지 않는다. 상품으로도 채소를 키우는지는 않는다. 주말 무렵 취미 활동으로 채소를 키우지도 않는다. 어쩌면 그에게 그의 채소밭은 종교가 되었다. 그는 거기서 '생명'을 만나는 양식을 찾고 있다. 그는 아마도 채소밭의 의미를 직관적으로 안 것 같다.

그에게 있어서 채소밭 밖의 세계는 위험의 세계이다.

우리는 경제적으로 위험하다.

사회는 인간의 노동을 원하지 않는다. 예전에는 인간이 할 수 없는 일을 기계가 대신했지만, 이제는 기계가 할 수 없는 일을 인간이 보조적으로 하고 있다. 사회는 정보, 기계, 자동을 원한다.

인간의 노동은 과잉이 되었다. 아이를 낳지 않아도 아이들의 일자리는 점점 줄어들고 있다. 우리들의 아이들은 아르바이트이거나 실업자이다.

하지만 우리는 거대한 부자들이 가져온 소비 문화에 젖어 자신의 가난을 보지 않거나 아예 외면할 뿐이다. 휘황찬란한 백화점에서 우리는 사실 고객이 아니다. 부자들의 외로운 쇼핑을 메워 주는 엑스트라들이다. 그래도 우리는 자신이 중산층이라고 생각하고 산다. 도시의 스펙터클한 정경 속에 우리의 예비적인 가난은 숨어 있다.

우리의 경제적인 위험은 문화적인 위험과 겹쳐진다.

우리에게는 경제적인 안정을 보장해 준다면 독재를 받아들일 수 있다는 패배주의가 퍼져 있다. 패배주의가 지배하는 곳에서 우리가 선택하는 것은 생존이다. 패배주의자는 생존을 위해 자유마저 저당 잡힐 만큼 어리석다. 어리석은 생존은 우리를 친구마저 믿을 수 없는 이기주의자로 만들었다. '나만 잘 살면 돼.', '우리 가족만 잘 살면 돼.' 는 우리의 예비적인 범죄의 온상이 되었다.

우리의 문화적인 위험은 환경생태적인 위험에 직결된다.

우리가 사는 도시는 쓰레기와 독극물과 오염된 물과 공기가 집중된 곳이다. 우리 모두는 실제로 생명을 위협받고 있다. 우리는 전체의 위험을 개인적인 선택 사항으로 착각하고 산다. 우리는 각자의 주머니 사정에 따라 유기농산물을 사먹고, 공기청정기를 돌리고, 그린-에너지를 사용하는 것으로 우리의 삶을 보호할 수 있다고 생각한다. 우리가 상업적으로 해석한 웰빙(Well-being)속에는 우리 모두의 배드 다잉(Bad-dying)이 예비되어 있다.

채소밭의 사나이도 한때, ‘우리’와 같이 있었지만, 우리의 삶이 치명적인 것을 알자 ‘우리’를 떠났다.

그는 채소밭에서 생명을 받고 돌보다

채소밭 한가운데 서면 그는 예술가처럼 상징에 풍부해진다.

그가 채소를 키운다는 것은 마치 캔버스 위에 빛과 색을 그려내어 하나의 세계를 창조하는 화가와도 같은 것이다. 모네가 지베르니에서 ‘수련’을 그리는 동안 캔버스를 벗어난 적은 채소밭을 일굴 때뿐이었다고 하는 일화가 있는데 그는 '수련'을 그리는 모네와 채소를 가꾸는 모네는 일맥상통하는 점이 있다고 느낀다.

'하나의 세계 만들기'—화가는 그림을 그릴 때마다 스스로 하나의 세계를 창조 또는 재창조하지 않으면 안 되고, 자기 손으로 만들어 내는 빛과 색의 몸체에서 출발하지 않으면 안 된다.

그에게는 채소밭이 그의 캔버스이고 그때마다의 호박, 배추, 고추, 감자 등이 그의 빛과 색인 것이다. 원래 야채(vegetable)라는 말은 '생명을 주다', '생기를 돋우다'라는 라틴어 베게레(vegere)에 연원을 둔다. 존재에 생명을 주는 일은 창조하는 자만이 할 수 있는 일이다. 그는 그의 채소밭에서 예술가이다.

채소밭에서 구부려 일할 때면, 자연에 '생명'을 되돌려 주는 자가 되어야 한다는 소명을 느낀다. "내일 지구가 멸망하더라도 사과나무를 심겠다."라는 스피노자의 말을 이제는 어렴풋이 이해할 수 있을 것 같다고 느낀다. 그것은 대책 없는 낙관주의가 아니다. 문제는 희망을 스스로 창출하는 힘이다. 주어진 삶과 세계를 바꿀 수 있는 전환의 의지이다. 사과나무를 심는 구체적인 대안은 다른 세계의 가능성을 현실에서 수행하는 실천이다.

이 모든 것은 양식이다. 그가 대면하고 있는 사람과 사물 그리고 그를 둘러싼 환경과의 관계가 바로 양식이다. 멸망 앞에서도 사과나무를 심는, 이 삶의 양식 때문에 내일 지구는 멸망하지 않을 것이라고 그는 믿는다.

그는 그의 채소밭에서 생명을 자연에 돌려줄 수 있는 양식을 찾고 있다. 채소밭을 어느 날, 어느 계절, 어느 해, 어느 삶과 분리되지 않는 그 무엇으로 만들어 가고 있다. 그는 그곳에서 '생명' 과 끊어진 관계를 회복하는 연습을 하고 있다.

채소밭에서 엎드려 일할 때면, 자연에서 '생명' 을 받는 자가 되어야 한다는 당위를 느낀다. 그는 그곳에서 생명이 생명을 키우는 양식을 조금씩 터득한다.

뿌리는 흙을 껴안고 있다. 뿌리는 땅 속에서, 땅 위에서, 공중에서 지상의 빛보다도 먼저 흙의 촉촉함을 끌어올린다. 미미한 잔뿌리는 암벽을 뚫을 수도 있는 강력한 보드라움으로 어린잎의 눈껍질을 준비한다.

어린싹은 빛과 함께 부풀어 올라 눈껍질을 벗어내고 날마다 윤기를 발한다. 큰 잎사귀들은 어린잎을 위해 정오의 햇살 아래서 강하고 억세다. 잘 자란 채소의 잎사귀에 손바닥을 대면 촉촉한 서늘함이 흐른다. 태양의 불 아래서 물내음을 한껏 머금어 뿜는다.

식물은 한낮의 비참한 육신과는 다르다. 채소의 열정은 서늘하다. 정념에 불타지 않는 생은 어떤 시간도 앗아가지 못하는 꽃의 영광을 마련한다.

꽃은 어떤 바람에도 사라지지 않는 향기를 뿜는다. 꽃은 나비를 위해 약하게 핀다.

그래도 열매는 벌레로부터 단단하다.

흙과 뿌리와 돌멩이, 꽃과 나비와 벌레, 낮과 밤들이 서로 끌어 안아서 채소밭을 어느 시간과 공간에 의해서도 붙잡을 수 없는 생명으로 만들고 있다는 것을 그는 배우고 있다. 채소밭에서 몸을 숙여 일할 때면, 그는 다시 '생명' 으로 살아나고 싶다는 염원을 느낀다.

그는 한 마리의 벌레처럼 풀과 돌멩이들 사이로 더듬거린다. 그의 몸은 투쟁적이고 불안정한 노동에서 벗어나 유유하고 안정되게 움직이는 노동의 양식을 깨닫는다.

그의 손은 나비처럼 잎사귀와 열매 위에서 분주히 날아다닌다. 그의 손가락, 디지트(digit)는 그의 노동이 가야할 곳을 가리킨다.

그의 땀은 빗방울처럼 대지 위로 떨어진다. 호주의 한 원주민들은 자연으로부터 얻은 식사를 끝낸 후 자연에 감사를 드리는 표현으로 그의 몸에서 피를 몇 방울 떨어뜨린다. 그들의 피처럼 그의 땀은, 진정한 감사는 어떠해야 하는지를 배운다.

채소밭의 화두
: 인간은 중심이 아니다

그는 채소밭에서 위기의 지구에 살고 있는 현대인의 화두가 무엇인지를 받았다. 그는 채소밭에서 일하면 일할수록 '인간이 자연의 중심이 아니다.' 라는 것을 느낀다. 그는 인간과 자연의 관계를 다시 배치해야 한다고 생각한다. 그것은 과거 인류사에서 '지구가 우주의 중심이 아니다.' 라는 지구와 태양의 재배치만큼이나 명백하다.

그는 문명사적인 혁명을 채소밭에서 소박하게 시작하고 있다. 그것은 인간을 살리는 일체의 생명을 주면서도, 인간의 노예가 되어버린 자연을 해방시키려는 노력이다. 그가 속했던 '우리' 는 '인간에 대한 인간의 지배' 라는 반도덕적인 삶을 공식적으로 버렸다. 노예를 해방시켰고, 식민지를 독립시켰다. 우리 모두는 자유롭고 평등한 형제(자매)애로 살기를 전망했고, 그렇게 살고 있다.

그는 '우리' 에게 아직도 남아 있는 혁명을 전위에서 수행하고 있다. 자연의 해방은 '자연에 대한 인간의 지배' 라는 비도덕의 폐기이다. 이 혁명은 전쟁과 내전으로 수행되는 것이 아니다. 쓰러뜨려야 할 것은 외부의 절대 왕정과 식민지 본국이 아니라, 우리 자신 안에 있는 독재와 독점이다.

그는 자연에게 '생명'을 돌려주는 자가 되어 자연의 일부분으로 사는 새로운 문명을 오늘도 채소밭에서 실험하고 있다.

그는 자신이 수행하는 혁명이 식물처럼 강인한 부드러움으로 진행될 것이라는 것을 예감한다. 그것은 최초의 인간 내부로부터의 혁명이 될 것이다. 자연을 이용하기 위해 새로운 도구를 창조하는 산업적인 혁명도, 정보적인 혁명도 아니다. 외부를 향한 것이 아니라, 자신을 향한 근본적인 전환이다. 이 혁명의 끝에서 인간 스스로가 창조한 인간이 등장할 것이다. 새로운 인류, Homo homo의 탄생일 것이다. 그때 아마도 채소밭의 사나이는 호모호모의 최초의 인간으로 기억될 것이다. ↻

4

조퇴하고 꽃구경 가다

"봄이 왔다 / 제각기 나름대로 꽃이 피었다 / 그러나 그는 멀리 있어 이미 거기엔 없다."

— 휠더린

최초의 공식적인 비행 이야기
: 교실 한구석에 권태가 살고 있었다

어린 시절 내 교실 한구석에는 나른한 권태가 살고 있었다. 교실의 창을 통해 들어오는 햇빛은 나른한 권태를 아침부터 부풀리기 시작해서 점심시간에 가까울 무렵이면 교실을 꽉 채우게 만들었다. 한껏 부풀어 오른 권태는 아이들의 뇌도 풍선처럼 부풀렸다. 아이들의 마음은 여기저기 떠다녔다.

어느 날 권태는 나의 뇌를 부풀리고 부풀렸다. 나는 비행기구마냥 날아오르려 했다. 나는 슬쩍 궁둥이를 띄웠다. 엉덩이를 의

자에서 들어 낸 만큼 몸을 거의 다 세웠다. 내 발이 교실 바닥을 살짝 찼다. 본격적인 비상을 시작하기도 전에 내가 일어나 선 것은 풍선을 터뜨리는 바늘이 되었다. 아이들의 뇌들은 웅성거림으로 터져 흩어졌다. 그 순간 교실을 꽉 채웠던 권태는 다시 구석으로 움츠러 들었다.

선생님이 곧 뒤를 돌아 교실 한가운데 서 있는 나를 찡그리면서 바라보았다. 선생님의 날카로운 시선은 내 머리 안의 풍선을 터뜨렸다. 선생님은 왜 내가 교실 한가운데 서 있는지를 도무지 이해할 수 없다는 표정을 지었다.

나는 이상한 아이이고 싶지 않았다. 나는 곧 연극을 시작했다. 약간은 불쌍한 목소리로 "머리가 너무 아파요."라고 말했다. 선생님이 나에게 다가와서 머리를 짚어보고, "열은 없다."고 했다. "토할 것 같아요."라며 집에서 약간 곤궁에 처했을 때 버릇처럼 쓰던 말을 했다. 그런데 선생님이 "조퇴하고 싶니?"하고 물어 왔다. 나는 놀랐다. 상황은 내가 뜻하지 않는 곳으로 가고 있었지만, 행운인 것은 틀림없었다. "네."

아예 친구까지 붙여 교문까지 바래다주란다. 나는 매우 아픈 척, 손으로 머리를 둘러가며 천천히 걸었다. 한 친구는 연민의 눈빛으로 내 눈을 맞추었다. 웃음이 나오려고 했다. 대신에 이마를 찡그렸다. '바보.' 한 친구는 일찍 교실 문을 나가는 나를 부러운 듯이 쳐다보았다. 자꾸 웃음이 나오려고 했다. 내 강아지 해피가 죽었을 때를 생각했다. '바보.' 교문에서 친구가 전송해 주며, 집에서 가서 잘 쉬라고 해주었다. '바보야, 안녕.' 교문을 나서면서 참았던 웃음을 미소로 지었다. 하지만 누가 볼지 모르니 빨리 미소를 거두었다.

교문 밖에서 악당이 되다

교문 밖으로 나서니 그곳은 학교와는 벽 하나 차이였지만 모든 것이 달랐다. 학교의 매캐한 냄새가 나지 않았다. 교문 밖의 공기는 한결 시원했고 부드러웠다. 벽 안 쪽 운동장에서는 쉴 새 없이 소리들이 들렸다. 교문 밖은 조용하고 평화로웠다. 문방구의 고양이는 자고 있었다. 문방구 주인 아저씨의 자전거도 서 있었다. 교문 안쪽에는 아이들로 바글바글한데 교문 밖은 텅 빈 도시와도 같았다.

익히 아는 낯익은 거리가 전혀 다른 모습으로 드러났다. 학교 밖 세계는 아무런 저항 없이 나른하게 펼쳐져 있었다. 나는 '무방비 도시'를 점령한 점령군이 된 것처럼 느껴졌다. 내가 이 시간에

이 거리에 있다는 것 자체가 '착함'에 대한 강박관념을 여의게 했다. 교실에서 나는 이미 갬블러였고, 학교 밖에서 나는 악당이 되기로 했다. 나는 일말의 망설임도 없이 집에 가지 않기로 했다.

이미 내 발은 집과는 반대쪽으로 걷고 있었다. 마침 돈도 있었다. 어떤 종류의 비행을 저지를까 결정해야 했다. 어제 저녁 뉴스에서 본 여의도가 생각이 났다. 많은 사람들이 벚꽃 놀이를 나와서 봄날을 즐기고 있었다. 아빠에게 "우리도 여의도 가자." 했는데, "그 사람 많은 데를 뭐하러 가니." 했다. 여의도로 결정을 했다. 그곳은 학교와 집에서도 멀지 않은 곳이었다.

벚꽃이 핀 여의도로 가다

큰 길에서 여의도로 가는 버스를 탔다. 서너 정거장 쯤 가니 벌써 여의도였다. 마음에 드는 곳에서 내렸다.

그곳에는 분홍빛을 감춘 하얀 꽃들이 한껏 피어 강까지도 적시고 있었다. 그곳의 봄날은 세상을 전혀 다른 곳으로 만들었다. 꽃들은 현실을 꽃그늘로 덮었다. 꽃 피는 나무 아래서, 꽃비가 쏟아지는 길에서 나는 짜릿한 매혹을 느꼈다.

그리고 그렇게 많은 사람들이 그 시간에 거기에 있다는 것이 충격이었다. 내 아버지와 어머니는 일하는데, 모든 아이들은 학교에서 공부하는데……. 학교 밖은 아름답고, 신기하고, 재미있었다. 친구들은 그 시간 여전히 그 좁은 교실의 미끈거리는 공기 속에서 삼분의 일은 수업 내용을 이해하고, 삼분의 이는 그저 무늬로만 앉아 있을 것을 생각하니, 그곳을 벗어난 나는 너무 행복했다. 나는 바쁜 선생님을 대신해서 아이들을 가르친 적이 있어서 아이들이 교실에 앉아 있다고 해서 수업에 참여하고 있지 않다는 것은 이미 알고 있었다. 대다수의 아이들은 무슨 말을 하는지도 모르고 많은 시간을 갇혀 보내고 있었다.

사람들이 나를 쳐다보았다. 보호자도 없이 혼자 걷고 있는 아이, 손에 책가방을 들고 걷고 있는 아이, 나는 집은 아니어도 적어도 학교를 나온 아이였으니 사람들의 시선은 당연했다. 이 동네 아이들처럼 보이고 싶어도 이 시간은 학교에 가 있는 시간이니 방도가 없었다. 맨 처음에는 사람들의 시선에 주눅이 들었다. 땅만 보고 걸었다. 땅위에 떨어져 쌓인 꽃길이 양심의 문제를 저절로 해결해 주고 있었다.

하늘과 맞닿은 길을 꿈꾸다

그것은 내가 다른 아이들과는 같지 않다는 특별한 감정을 느끼게 했다. 조퇴를 한 아이도 친구들의 부러움의 대상인데, 조퇴를 하고 꽃구경을 하는 아이는 특별할 수밖에 없었다. 나는 내가 점점 자랑스러워졌다. 사람들이 쳐다보는 시선도 아랑곳하지 않게 되었다. '그래, 나 학교에서 나왔다. 니네들이 어쩔래. 그러는 니네들은 여기서 왜 노는데.' 나는 당당하게 걸었다. 나는 꽃을 맞으면서 춤추듯이 걸었다. 꽃으로 덮인 길에서 쉬었다. 꽃그늘 안에서 먹었고, 다시 꽃들 사이로 걸었다. 나는 아이답게 꽃길이 하늘과 맞닿아져 있으면 좋겠다는 생각을 했다. "먼동이 터오는 아침에 파트로슈와 함께 걸었네. 하늘과 맞닿은 이 길을, 파트로슈, 랄랄라 랄랄라……." 노래가 절로 나왔다. 계속 그 구절만 불렀다.

학교도 다니지 않고 이 길을 시작으로 해서 계속 걷는다면 내 길은 어디서 끝날까를 생각했다. 당시 나는 낙화유수라는 말도, 떨어지는 꽃과 흐르는 물의 애수도 몰랐지만, 바람 따라 떨어지는 벚꽃 속에서 강물을 바라보니 저절로 애잔한 생각이 들었던 것 같다. 나는 그 길을 따라서 더 이상 나아갈 곳이 없는 하늘 끝까지 가는 여정을 상상했다. 그리고 지금처럼 나 하고 싶은 대로 하면 그 끝없는 길을 행복으로 꽉 채울 수 있을 것 같았다. 하늘 끝까지 꽃들을 따라 걷는 동안 나는 눈부신 어른이 되고, 길에서 내가 반할 수 있는 남자를 만나고, 꽃처럼 아름다운 사랑을 해서 하늘에 닿으면 될 것 같았다.

나중에 사랑하는 사람과 같이 걸을 땐, 오늘의 아름다움과 특별함을 얘기해 주고 싶었다. 먼 훗날에도 생생하게 기억해야 할, 사라지지 않은 영상을 만들기 위해 나는 집중해서 꽃과 향기와 그늘 조각과 하늘을 보고 또 보고 했다. 나는 그렇게 나에게 특별한 선물을 주고 있었다.

완벽하게 기뻤던 순간에도 염려가 내 행복을 흔들긴 했다. 저녁 시간이 가까워지자 꽃그늘도 마음속의 동요를 덮어 주지는 못했다. 나는 무엇보다도 귀가 시간을 잘 결정해야 해야 했다. 아이에 대한 미움보다는 아이의 안위에 대한 걱정에서 부모가 부모로서의 권력을 내려놓는 시점에 나타나야 했다. 그때에만 비로소 돌아온 탕자가 되어 잔칫상을 받을 수 있었다. 그날은 나에게는 행운의 연속이었다. 아이의 귀가를 고대하는 딱 맞는 적당한 시간에 나는 집으로 돌아갔다. 나는 눈물과 포옹으로 환영받았고, 나의 비행은 아주 점잖은 말로 타일러졌다. 그리고 예의바른 부모는 선생님의 전화를 받았을 때, 선생님께 걱정을 끼치는 것이 송구스러워서 내가 학교에서 조퇴하고 자는 것으로 말씀을 드렸단다. 내 착한 부모는 내 마음의 짐도 일찌감치 덜어 주었다.

비행 이후의 동경
: 이 세상 밖이라면 어디라도

그날 밤, 나는 정말 아프기 시작했다. 머리가 어지러웠고 토했다. 아버지 등에 업혀 동네 병원에 갔다. 의사는 뇌수막염인 것 같다면서 앰뷸런스를 불러야 한다고 했다. 나는 병원 진료실 침대에서 차를 기다리면서 누워 있어야 했다.

그런데 나에게 이상한 일이 일어났다. 이제까지 죽을 만큼 아팠던 것이 갑자기 사라졌다. 경직과 고통이 사라진 곳에 부드러운 따스함이 일어났다. 나는 나를 둘러싼 병원 안의 소동과 경악에서 물러나 다른 곳에 가고 있었다. 나는 이 병원 안에서 지금 일어난 일과는 상관없는 관찰자가 되어 가고 있었다.

내 눈에는 절망 때문에 무너지고 있는 엄마의 얼굴과 굵은 주름 위로 흐르는 할머니의 눈물, 무력감으로 나를 훑고 있는 아버지의 눈이 보이기는 하는데 그것은 마치 액자 안에 있는 그림 같은 것이었다. 정지해 있는데 움직이고 있었다. 내 아버지이고, 내 어머니이고, 내 할머니인 것을 알면서도 동시에 저 사람들이 누구지 싶었다. 저 사람들이 누구인데 무엇 때문에 우나 싶었다.

내가 이제까지 살았던 액자 안의 그림과도 같은 이 세상이 점점 멀어졌다. 나는 그럴 때마다 진공 상태와도 같은 고요에 가까워졌다. 드디어 한 번도 경험해 보지 못했던 평화를 가졌다. 내 몸과 마음에 이 세상에 있을 것 같지 않은 참 평화가 일어났다. 눈을 감았다.

사람들은 의식을 잃은 나를 대학병원 중환자실에 입원을 시켰다. 나는 다음날 새벽 깨어났다. 천둥과 번개가 치는 요란한 새벽의 한가운데서 어지러운 정신으로 깨어났다. 엄마와 아빠가 자기네가 누구인지를 물었다. 온 힘을 짜내어 "엄마.", "아빠."라고 말했다. 부모는 지옥에서 살아 돌아온 사람처럼 울었다. 비 내리는 밤이 지나자 찬란한 햇빛이 떴고, 병원의 온갖 장치와 검사를 신뢰하지 않는 아버지는 나를 퇴원시켰다. 나는 비틀거렸지만 멀쩡히 걸어서 중환자실을 나왔다.

할머니는 돌아온 나를 보고 "네가 죽으려고 세상 구경하고 들어왔었나 보다."면서 우셨다.

그리고 나는 오랜 기간 학교에 갈 수 없었다.

집에 있으면서 나는 동네 스타가 되어 선생님과 친구들의 문병을 받았고, 동네 어른들의 선물도 받았고, 친척들한테는 큰돈도 받았다. 특히 그동안 동생들과 나누어야 했던 부모의 사랑을 독차지했다.

그래도 나는 즐겁지도 기쁘지도 않았다. 나는 우울했고, 슬펐다.

나는 다시 그곳에 가고 싶었다. 그곳의 평화가 그리웠다.

그때 나는 집이, 학교가, 심지어 내가 살고 있는 세상이 세상의 전부가 아니라는 것을 알았다. 한번은 우연하게 그곳에 갔었고 목숨과 맞바꿀 정도로의 다른 세계가 있다는 것을 알게 되었다. 하지만 나는 내가 갈 곳이 어디인지는 몰랐고, 어떻게 가야 할지도 몰랐다. 더구나 살아서 가고 싶었다.

우선은 나는 내가 속한 곳에서 나가고 싶었다.

콩도 제가 자랄 곳을 알듯이 나도 내가 자라고 살아야 할 곳을 어렴풋이나마 알았다.

책상 한 귀퉁이에 콩을 두고 온갖 영양을 다 주고, 정성을 기울여도 콩은 썩을 뿐이다. 하지만 흙에 심어진 콩은 시간의 흐름과 더불어 스스로 자란다.

나는 내가 속한 세계에서는 미운 오리 새끼였지만, 그곳에선 예쁜 백조 새끼가 될 수 있다는 것을 깨달았다. 나는 내가 속한 세계에서는 물이 새는 깨진 항아리였다. 하지만 물이 아니라, 빛을 부으면, 깨진 금들 사이로 빛이 새어 나오는 항아리일 수도 있다는 것을 그곳에서 깨달았다.

그래서 그 일 이후 줄곧 나는 선생과 친구를 속이고, 가족을 걱정시키고, 죽음까지 각오하면서 다른 곳을 찾아 나섰다. 그곳에 가야만 했다. ↺

지상의 꽃들이 천상으로 흐르는 곳,
　　　　천상의 물줄기들이 지상에서 만나는 곳,
이도 저도 아니라면,
　　　이 세상 밖이라면 어디라도.

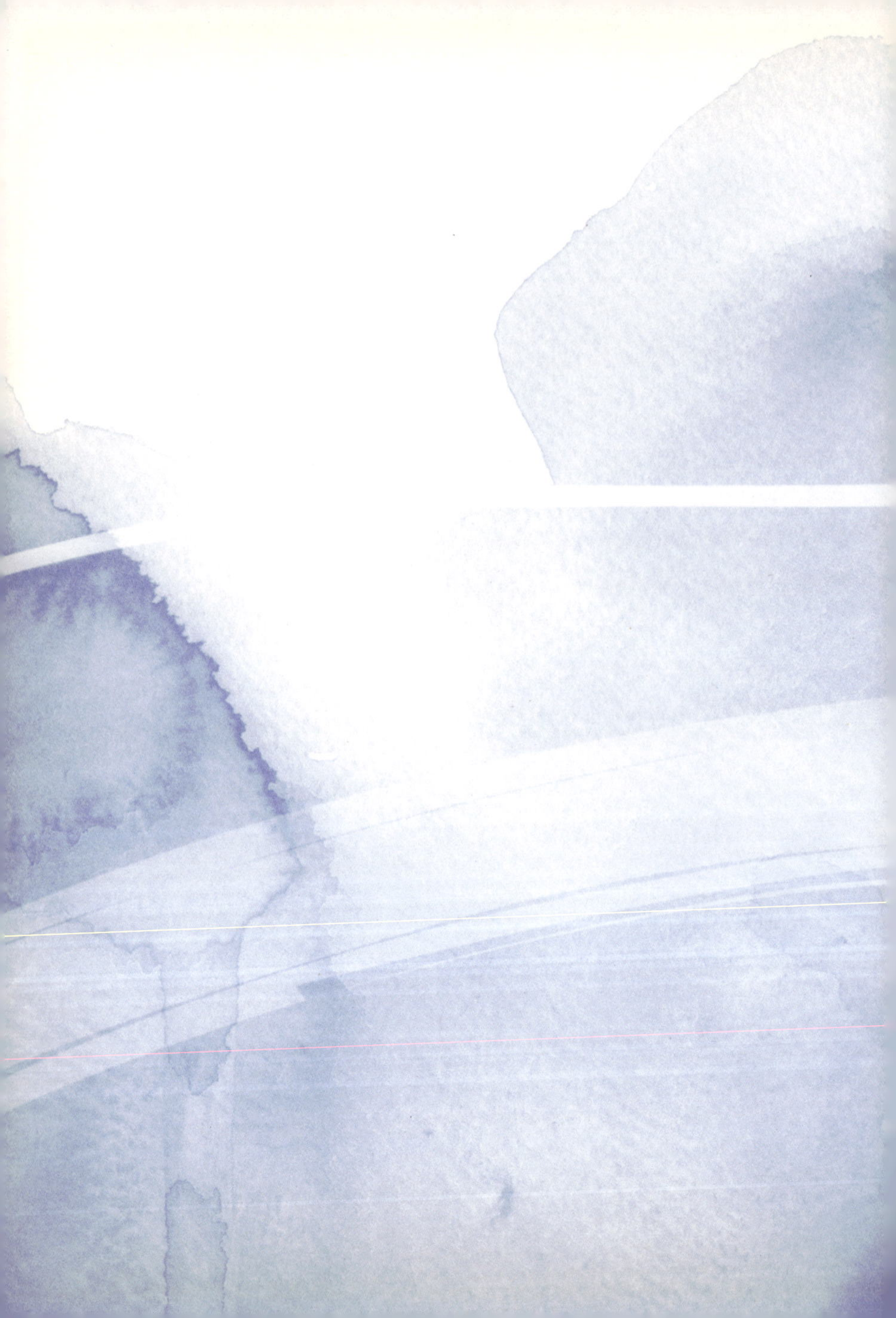

중독에서 벗어나 사랑을 하려면
우리는 완전하기를 열망하면 안 된다.
우리가 불완전하다는 것을 사랑해야 한다.
영원히 사랑하는 것을 포기하는 것만이
죽음의 사랑이 아닌
삶의 사랑을 가능하게 해 준다.